读客®

读客三个圈经典文库

经典就读三个圈　导读解读样样全

凡尔纳过去是，现在仍然是科幻的代名词，他的作品充满科幻最本原的精神，以纯真和明丽的笔触，表现了对大自然的好奇心和探索的愿望，以及用新技术创造新世界的激情，成为一代又一代人科幻想象力起飞的地方。凡尔纳想象的未来技术大多已经变为现实，但他的科幻小说却经受住时间的考验，拥有越来越大的魅力。

2018. 7. 22

刘慈欣，中国科幻文学里程碑式的人物。

2015年8月23日，他凭借科幻小说《三体》获得第73届雨果奖最佳长篇故事奖，这是亚洲人首次获得雨果奖。

刘慈欣在采访中多次坦言凡尔纳是他科幻想象的起点，他读的第一本科幻小说，正是凡尔纳的《地心游记》。

凡尔纳科幻经典

八十天环游地球

[法] 儒勒·凡尔纳 著

金祎 译

读客三个圈经典文库

经典就读三个圈　导读解读样样全

江苏凤凰文艺出版社
JIANGSU PHOENIX LITERATURE AND
ART PUBLISHING, LTD

Le Tour du monde en quatre-vingts jours

Jules Verne

目　录

1873年，在巴黎首次出版的《八十天环游地球》封面。由于年代久远，原版封面无法达到印刷标准，特意进行了细描呈现给读者。

《八十天环游地球》于1872年发表在《时代》（*Le Temps*）杂志上，首次出版于1873年。原版插图由Alphonse de Neuville和Léon Benett绘制，本书精选了其中8幅最具特色的插画。

第一章

费雷亚斯·福格和万事通主仆相认

1872年，伯灵顿花园路萨维尔街[1]七号的一座宅邸——1814年，谢立丹[2]在这座房子里逝世——费雷亚斯·福格先生如今居住在这里，他是伦敦革新俱乐部[3]最不同寻常、最引人注目的成员之一，虽然他似乎努力不做任何引人注目的事情。

1　萨维尔街：一个在伦敦中央梅费尔的购物街区，因为传统的客制男士服装行业而闻名。其所在的梅费尔区至今是全球最昂贵的地段之一，汇聚了英国史上最有教养、品位、名气及影响力的绅士。与其相通的道路包括伯灵顿路、克力佛街和伯灵顿花园路。——译者注（本书中注释如无特殊说明，均为译者注。）

2　理查·布林斯利·谢立丹（1751—1816）：英国戏剧家、政治家。著作有《情敌》（1775）和《造谣学校》（1777）。他的戏剧被归类为社会风俗喜剧，拜伦对他的戏剧和演说都十分推崇。可能作者弄错，事实上，他曾经居住在萨维尔街十四号，逝世于1816年。

3　伦敦革新俱乐部：英国辉格党的俱乐部，成立于1836年。辉格党是英国17世纪末至19世纪中叶的一个政党，之后变为英国自由党。

谢立丹是为英格兰争光的、最伟大的演说家之一，继他之后，就是这位费雷亚斯·福格先生住在这里了。这是个谜一般的人物，大家对他一无所知，只知道这是个非常风流潇洒的人，也是英国上流社会最英俊的绅士之一。

据说他酷似拜伦[1]——只是脸长得相似，因为他的脚无可挑剔——不过这是长着小胡子的拜伦，冷静沉着的拜伦，活到一千岁都不显老的拜伦。

费雷亚斯·福格当然是个英国人，但可能不是伦敦人。伦敦的交易所、银行、城市里任何一个分行里，从不见他的踪影。伦敦的船坞和码头也从来没有接收过一艘船主为费雷亚斯·福格的货船。这位绅士没有在任何董事会露过面，他的名字也从来没有在伦敦律师学院[2]产生过任何反响，不论是中殿律师学院、内殿律师学院、林肯律师学院还是格雷律师学院。他从没有在大法官法庭、皇座法庭、财政部法庭和教会法庭打过官司。他既不是实业家，也不是商人，更不是农民。他既不属于大不列颠皇家协会，也不属于伦敦协会，既不属于手工业者协会，也不属于罗素协

1　乔治·戈登·拜伦（1788—1824）：19世纪英国浪漫主义诗人，代表作品有《恰尔德·哈罗尔德游记》《唐璜》等，并投身于希腊民族解放运动。他相貌英俊，但跛足。
2　中殿律师学院、内殿律师学院、林肯律师学院和格雷律师学院是伦敦四所律师学院，于中世纪时期成立，负责向英格兰及威尔士的大律师（又称诉讼律师）授予职业认可资格。

会，既不属于西方文学学会，也不属于法学会和女王陛下直接管辖的科学艺术联合会。从阿莫尼卡协会，到以消灭有害昆虫为宗旨的昆虫协会，总之，他不属于这些充斥着英国首都的、多如牛毛的协会中的任何一个。

费雷亚斯·福格是革新俱乐部的成员，仅此而已。

这样一位神秘的绅士是如何跻身于这个受人尊敬的协会的，如果有人对此感到惊讶，那么他会得到这样的回答：他是经由巴林兄弟[1]推荐的——他在巴林兄弟银行开有账户。他拥有相当良好的信用，因为他的账户永远有盈余，支票永远在有规律地兑现。

这个费雷亚斯·福格很富有吗？毋庸置疑。但是他是如何发迹的，就连消息最灵通的人都无从知晓，而亲自去问福格先生这个问题，又是极不合适的。无论如何，他从不挥霍，但也不吝啬，因为不管哪里，但凡有崇高的、有益的或是慈善的事业需要赞助，他总会低调地甚至匿名地捐款。

总而言之，没有人比这位绅士更不爱交际了。他尽可能少说话，这种惜字如金的沉默也使他充满了神秘色彩。可是他的生活光明磊落，总是日复一日做着相同的事情，以至想象力未能得到满足的人们禁不住要对他的生活添油加醋。他旅行过吗？很有可

1　巴林兄弟：巴林兄弟银行，始创于1763年，创始人为弗朗西斯·巴林公爵。1995年因投资失败而倒闭，以一英镑的象征性价格被荷兰国际集团收购。

能，因为没有人比他更熟悉世界地图。即使是非常偏僻的地方，他似乎都有特殊的了解。有时候，他简单几句话，就纠正了流传在俱乐部里关于失踪或迷路的旅行者的争论；他总是能指出真正的可能性，他的话往往像是出于他的亲眼目睹，而事实常常最终证实了他的话千真万确。这必定是一个到处旅行过的人——至少，在头脑里旅行过。

然而可以确定的是，多年以来，费雷亚斯·福格先生没有离开过伦敦。有幸比别人更了解他一点的人们证实——除了他每天从家里到俱乐部所走的那条路上，没有人能说自己在别的地方看见了他。他唯一的消遣就是读报和打惠斯特[1]。这种默默无语的赌博非常符合他的天性，他总是能赢，但他赢到的钱从不进他的口袋，而是列入慈善预算的一笔重要款项。另外，必须指出，福格先生显然是为了打牌而打牌，并不是为了赢钱。这种游戏对他来说就像一场战斗，一种克服困难的斗争，不过是不需要运动、不需要挪动位置、不会疲劳的斗争，这很适合他的个性。

大家知道费雷亚斯·福格既没有妻子也没有孩子——即便在最正直的人身上，这种情况也是很有可能的。可是他也没有亲戚或者朋友——这种情况，说实话，就极为罕见了。费雷亚斯·福

---

1 惠斯特：一种起源于英国的纸牌游戏。

格独自生活在他那坐落于萨维尔街的房子里，没有人进去过。至于他个人的生活起居，人们无从谈起。不过一个仆人足以伺候他了。他极其准时地在俱乐部享用午餐、晚餐，在同一个房间、同一张餐桌上；从不宴请会友，也绝不邀请陌生人；午夜时分准时回家，只是为了睡觉，也从来不用革新俱乐部为会员准备的舒适房间。二十四小时里，他有十小时在家里度过，不是睡觉，就是梳洗。如果他散步，总是一成不变的均匀步子，在那铺着镶木拼花地板的门厅，或是在回廊里，蓝色玻璃的穹顶高悬其上，由二十根希腊爱奥尼式石柱支撑，全部都是红斑岩质地。他的晚餐和午餐桌上，那些鲜美可口的佳肴，都是由俱乐部的厨房、食物储藏室、配膳室、鱼和牛奶供应处供给；俱乐部的侍者们神情庄重，身穿黑礼服，脚穿绒布底皮鞋，用一套特制的瓷器餐具为他上菜，放在一块漂亮的萨克森[1]桌布上；俱乐部里丢失了模子的水晶杯，盛着他的雪莉酒、波尔图酒或是混入了桂皮、蕨草和肉桂的波尔多红葡萄酒；最后，是俱乐部的冰——高价从美洲湖泊运来——使饮料保持在一个令人满意的凉爽状态。

　　如果在这样的环境中生活的人是个怪人，那么不得不承认，古怪也是有好处的！

1　萨克森：位于德国东部的萨克森自由州，纺织业发达。

萨维尔街的这栋房子，算不上奢华，但也以其极致舒适而著称。另外，也因为它的主人十年如一日的习惯，伺候起来并不费什么劲。但是，费雷亚斯·福格要求他唯一的仆人保持异乎寻常的一丝不苟和有条不紊。10月2日这一天，费雷亚斯·福格辞退了詹姆士·福斯特——这个小伙子犯了个错，因为他端来的刮胡子用的热水是八十四华氏度（二十九摄氏度），而不是八十六华氏度（三十摄氏度）——于是他在等待那位小伙子的继任者，那人应该在十一点至十一点半之间出现。

　　费雷亚斯·福格端坐在他的扶手椅中，双脚并拢，像是在阅兵仪式上的士兵，双手撑在膝盖上，身子笔直，头颅高昂着，看着挂钟上的指针行走——这是一台复杂仪器，能指出小时、分钟、秒钟、日期、月份和年份。十一点半敲响了，按照惯常，福格先生应该离开房子，去革新俱乐部了。这时候，有人敲响了小客厅的门。

　　被辞退的詹姆士·福斯特出现了。

　　"新侍者到了。"他说。

　　一个三十多岁的小伙子走了进来，敬了个礼。

　　"您是法国人，名叫约翰？"费雷亚斯·福格先生问道。

"我叫让[1]，请先生别见怪，"新来的回答，"让·万事通，万事通是我保留下来的一个绰号，证明我有摆脱困难的天赋才能。我觉得自己是一个正直的人，先生，但是，老实说，我干过不少职业。我做过流浪歌手、马戏团的骑马高手，还像雷奥塔尔[2]那样表演过空中飞人、像布龙丹[3]那样走过钢丝，然后为了更好地发挥我的才能，我又做起了体操教练，最后，我当过巴黎消防队的中士。在我的档案里，甚至还有好几次出色的灭火记录。不过我已经离开法国五年了，因为想感受家庭生活，所以在英格兰当起了贴身仆人。然而我眼下没有工作，听说费雷格斯·福格先生是英国最守时、最顾家的人，我就来到了先生这里，希望能够安身，甚至忘了万事通这个称呼……"

"万事通听上去很符合我的要求，"这位绅士回答，"有人向我推荐您。我这里收集到关于您的信息，情况良好。您知道我的情况吗？"

"是的，先生。"

"很好。您看看几点了？"

"十一点二十二分。"万事通回答，一边从他的怀表口袋里

---

1 让：法语名字Jean，对应英语名字John，约翰。

2 儒勒·雷奥塔尔（1838—1870）：法国杂技演员，发明了空中飞梯等杂技动作。

3 查尔勒·布龙丹（1824—1897）：让·弗朗斯瓦·格拉瓦雷的艺名，1859年，曾在尼亚加拉瀑布上走钢丝三百三十五米。

掏出一只巨大的银色怀表。

"您的表慢了。"福格先生说。

"请先生原谅，但是这不可能。"

"您的表慢了四分钟。没关系。只要知道差多少时间就行了。所以，从现在开始，1872年10月2日星期三，早晨十一点二十九分，您开始伺候我。"

这么说完，费雷亚斯·福格站起来，左手拿起帽子，动作机械地扣在脑袋上，一言不发地离去了。

万事通听到临街的门第一次关上的声音：他的新主人出门了。然后是第二次关门声：这是他的前任詹姆士·福斯特，轮到他走了。

万事通一个人待在萨维尔街的宅子里。

第二章

万事通终于确信，自己找到了理想工作

一开始万事通有些惊讶："我发誓，我一定在杜莎夫人那儿见到过和我新主人一模一样的人像！"

这里要说的是位于伦敦的杜莎夫人蜡像馆，里头的人像都是蜡制的，参观者络绎不绝，它们个个逼真得就差不会说话了。

在刚才见到费雷亚斯·福格的短暂时间里，万事通迅速而仔细地观察了他未来的主人。这个男人大约有四十岁，面容高贵而英俊，身材高大，微胖，但也无损美观，金色的头发和胡须，额头平整，没有时间留下的皱纹，脸色并不红润，而是苍白，还有一口漂亮的牙齿。看面相的人所说的"动中有静"，在他脸上得到了最高程度的体现，那些习惯说得少做得多的人都有这特征。沉静、淡漠、眼神清澈、眼皮静止，这是冷静的英格兰人的最佳

楷模，在英国常常能遇到这样的人，安吉利卡·考弗曼[1]出色地用她的画笔刻画了他们有点刻板拘谨的姿态。从他日常的各种行为来看，这个绅士给人一种印象，他各个方面都四平八稳，沉着稳重，就像勒罗瓦或者艾恩肖[2]的秒表一样精准。说实话，费雷亚斯·福格就是精准的化身，这一点，从他手和脚的动作就可以清楚地看出来，因为对于人来说，和动物一样，四肢本身就是表达情感的器官[3]。

费雷亚斯·福格是那种精准严密的人，他从不慌慌张张，总是胸有成竹，举手投足都很有节制。他从不多跨一步，总是走最短的距离。他从不浪费一眼看天花板，从不做一个多余的姿势，从没有人见过他激动或者焦躁。他是世界上最不匆忙的人，但他总是准时。不过，大家可以理解，因为他独自生活，可以说是没有任何社交往来。他知道，生活中总是难免要有麻烦，而麻烦总会耽误时间，所以他总是避免和任何人交往。

至于让，就是万事通，一个从巴黎来的土生土长的巴黎人，在英格兰住了五年，在伦敦当贴身仆人，他总是在寻找一个可以靠得住的主人，但总是找不到。

1　安吉利卡·考弗曼（1741—1807）：瑞士新古典主义女画家。

2　皮埃尔·勒罗瓦（1717—1785）和托马斯·艾恩肖（1749—1829），发明了航海秒表的钟表匠。

3　这里作者玩了一个文字游戏，因为"四肢"在古法语中有"器官"的意思。

万事通绝不是弗龙坦或是马斯卡里尔[1]那样的人，那些人昂首挺胸，用鼻孔看人，目光自信，冷漠无情，是一些恬不知耻的小丑。万事通是个正直的小伙子，长相可爱，嘴唇有点儿翘起，随时准备品尝或者亲吻的模样，脾气温和，手脚勤快，脑袋圆圆的，这样的圆脑袋长在任何一个朋友的肩膀上，都会让人看着讨喜。他有着一双蓝眼睛，肤色充满活力，脸胖胖的，胖到都能看到自己的脸颊骨，胸膛宽阔，孔武有力，肌肉发达，像个大力士，这般良好的发育，得多亏他青年时代的锻炼。他一头棕发，显得有些怒发冲冠。如果说古代的雕塑家们知道十八种方式来安排弥涅耳瓦[2]的发型，那么万事通就只知道一种方式来打理他自己的头发：用粗齿梳子梳三下，搞定。

要说这小伙子外露的性格和费雷亚斯·福格的性格合得来，哪怕只有一丁点儿谨慎的人，都不会赞同。万事通能成为他的主人所要求的精准无误的仆人吗？只有试过才知道。众所周知，在经历了他那四处漂泊的青年时代之后，他渴望休憩。他听说过大家夸奖英国人有条不紊和绅士们有口皆碑的冷静，所以想来英国寻找发财机会。但是，至今为止，命运一直亏待着他。他在哪儿

1 　均为喜剧中的仆人形象。
2 　弥涅耳瓦（拉丁语：Minerva），也译作密涅瓦、米奈娃，为智慧女神、战神和艺术家与手工艺人的保护神，对应于希腊神话的雅典娜。

都扎不下根。他在十户人家做过事，但所有这些人家，要么反复无常，要么古里古怪，要么追求刺激，要么居无定所——这再也不适合万事通了。他最后一个主人，年轻的隆斯腓力勋爵，国会议员，在海伊市场的"牡蛎屋"度过一个个夜晚之后，往往是被警察扛回家的。万事通先是尽量尊重主人，然后斗胆好言相劝，若没有被主人接纳，他便不干了。这期间，他得知费雷亚斯·福格先生在找仆人。他打听到这位绅士的信息。这个人生活循规蹈矩，从不在外过夜，也不到处旅行，从不离家——哪怕是一天，真是太适合他了。他便毛遂自荐，然后就像大家知道的那样，他被接受了。

十一点半的钟声敲响了，万事通一个人待在萨维尔街的房子里。他立刻开始了审查，从地窖跑到阁楼。这座房子干净、整洁、质朴，像是清教徒的住所，井然有序，方便清理，很合他的意。他觉得这房子就像一个漂亮的壳，但是一个有照明、有煤气取暖的壳，因为煤气足以提供光和热。万事通毫不费力地找到了为他准备的位于三楼的房间，很合他的心意。房间里的电铃和通话管直通中二楼[1]和二楼的各个房间。壁炉上的用电座钟和费雷亚斯·福格卧房里的座钟相应，两只钟分秒不差。

1　中二楼：底层与二楼之间的半楼。

"非常称心，非常称心！"万事通自言自语。

他还注意到，在他的房间里，座钟上方贴着一张告示，是他每天服侍先生的日程安排。它包括——从早晨八点，费雷亚斯·福格起床的常规时间，到十一点半，他离开家去革新俱乐部吃午饭的时间里——所有的服侍细节，八点二十三分上茶和烤面包，九点三十七分上刮胡子的水，十点差二十分梳头，等等。接着，从上午十一点半，到午夜——这位有条不紊的绅士就寝的时间，一切都记录在案，预先安排得妥妥当当，固定成规律。万事通思考着这工作安排，心里乐开了花，脑海中深深记下了这些条条框框。

至于福格先生的衣柜，里头满满当当，一应俱全。每条裤子、礼服或者背心都有序号，登记在一本进出账记录本上，按照季节标了号，轮流着穿。鞋子也是一样按章办事。

总之，萨维尔街这座房子，在著名而放荡的谢立丹时期，应该是一片狼藉，而如今，里面有舒适的家具，一片惬意的景象。没有书房，也没有书，福格先生用不着这些，因为革新俱乐部里有两间图书室可以供他使用，一间收藏文艺书籍，另一间收藏政治书籍。在卧室里，有一个中等大小的保险柜，建造结构既防火又防盗。屋子里面没有武器，也没有打猎和战斗的器具。一切都表明了最为平和的习惯。

仔细考察过这住所之后，万事通搓搓手，他的大脸蛋上喜笑颜开，开心地一再说："正合我意！这就是我要找的差事！我们一定会相处得很好，福格先生和我！一个爱宅在家里又生活规律的人！十足是一台机器！好啊，我非常乐意伺候一台机器！"

第三章

一次可能让费雷亚斯·福格付出昂贵代价的谈话

十一点半，费雷亚斯·福格离开了他那坐落于萨维尔街的房子，在迈了五百七十五次他的左脚和右脚之后，他来到了革新俱乐部，这座矗立在蓓尔美尔[1]街道的大厦，造价至少三百万英镑。

费雷亚斯·福格立刻去了餐厅，餐厅的九扇窗子都朝向一个美丽的花园，树木已经被秋天染成了金色。他在平时用餐的餐桌前坐下，餐具已经为他摆放好了。他的午餐包括一个冷盘，一条

1　蓓尔美尔：伦敦西部的一条街道。19世纪初，它是英伦美术活动中心，19世纪到20世纪初，这里陆续开设了各种名目的俱乐部会所。

上好的雷丁酱汁[1]烧鱼，一盘拌了蘑菇酱的猩红色烤牛排，一份塞满了大黄嫩苗和青醋栗的蛋糕，一块英国柴郡干酪——这一切，外加几杯革新俱乐部配餐室特藏的上乘香茗。

十二点四十七分，这位绅士起身，朝大厅走去，这个富丽堂皇的房间，装点着框架华美的油画。于是，一位侍者递给他一份没有裁开的《泰晤士报》，费雷亚斯·福格手法稳健地完成了费劲的裁报工作，看得出他已经非常习惯这份艰难的工作了。阅读这份报纸让费雷亚斯·福格一直待到三点四十五分，接下来阅读英国的《标准报》，一直持续到吃晚饭。晚饭和午饭内容基本一样，只是加了一些"皇家英国酱汁"。

六点差二十分，这位绅士又出现在大厅里，专注地阅读《每日晨报》。

半小时后，革新俱乐部的一些会员走进来，靠近煤炭熊熊燃烧的壁炉。这是费雷亚斯·福格先生平日的牌友，像他一样都是惠斯特迷：工程师安德鲁·斯图亚特，银行家约翰·萨利文和萨缪尔·法伦丁，啤酒批发商托马斯·弗拉纳根，英国银行董事会董事葛迪尔·拉尔夫——都是些有钱有身份的人物，即便是在这

1　雷丁酱汁（reading sauce）：英国传统调味料。味道酸甜微辣，在中国，这种酱汁被称为"辣酱油"，在沿海地区比较常见。在上海，辣酱油在19世纪末20世纪初被从西餐厅推广到其他食品店。海派美食，如炸猪排、生煎馒头、排骨年糕、干煎带鱼等都可用辣酱油做蘸料。

样一个俱乐部的会员制中，也是工业界和金融界的顶尖人物。

"说起来，拉尔夫，"托马斯·弗拉纳根问道，"这盗窃案怎么样了？"

"哎，"安德鲁·斯图亚特回答，"银行只能自认倒霉了。"

"相反，"葛迪尔·拉尔夫说，"我相信我们会抓到这个贼。警探都是非常机灵的人，他们已经被派往美洲和欧洲各国重要的进出港口，这家伙休想脱身。"

"警方掌握这个窃贼的体貌特征了吗？"安德鲁·斯图亚特问。

"首先，这不是一个贼。"葛迪尔·拉尔夫严肃地回答。

"什么，这不是一个贼？这家伙窃取了五万五千英镑，也就是一百三十七万五千法郎的现金，还不是一个贼？"

"不。"葛迪尔·拉尔夫回答。

"难不成他还是个实业家咯？"约翰·萨利文说。

"《每日晨报》断定这是位绅士。"

说这话的正是费雷亚斯·福格，这时他的脑袋正从堆在他身旁的报纸中探出来。与此同时，费雷亚斯·福格向他的同行致敬，大家向他还礼。

他们议论的正是英国各家报纸争相报道的事件，发生在三天前，9月29日。一沓五万五千英镑的巨款，从英格兰银行的主任出纳柜台上，被窃走了。

令人震惊的是，这么大的一桩盗窃事件，居然就这么容易地得手了，副行长葛迪尔·拉尔夫仅仅是回答——当时，出纳正忙于记录一笔三先令六便士的进款，分身乏术。

但是有必要在这里指出——这能让事情便于理解——"英格兰银行"这座奇妙的建筑看起来特别照顾公众的尊严。那里没有守卫，没有退役军人，连铁栅栏都没有！金银和钞票就这么随意放在那里，可以说是先到先得。有位关于英国习俗的优秀观察者甚至说过这么一件事：一天，他正在那银行大厅里，心生好奇，想就近看看放在出纳柜台上的一根七八磅重的金条，于是他拿起那金条，端详了一番，又把它传给邻人，这个人再传给邻人。就这样一直传到了一条幽黑走廊的尽头，半小时后才传回原位，而出纳连头都没抬一抬。

但是，9月29日，事情并没有这样发展。那沓钞票并没有回来，当"汇兑处"上方的漂亮挂钟敲响五点的下班钟声时，英格兰银行只得将那五万五千英镑登记在亏损账上。

盗窃被严肃正式地立案了，从最敏捷的人中挑选出来的警察和侦探，被派往各个主要港口：利物浦、格拉斯哥、勒阿弗尔、苏伊士、布林迪西、纽约等，悬赏两千英镑（五万法郎）捉拿小偷归案，外加追回款项百分之五的提成。在等待这立即展开的调查所需的信息时，这些警探的任务就是严格检查所有抵达和即将出发的旅客。

可是，正如《每日晨报》所说的，有理由设想，作案的并不是英国任何一个盗窃团伙。在9月29日这天，有人看见一位衣冠楚楚、举止得体的绅士，在案发的付款大厅里徘徊。调查结果相当准确地再现了这位绅士的体貌特征，这特征立刻被传达到了英国及欧洲大陆所有的警探那里。有些脑袋好使的人——葛迪尔·拉尔夫属于其中之一——由此断定，这个窃贼难逃法网。

正如大家所想，这件事已经在伦敦乃至全英国人尽皆知。人们议论纷纷，为了首都警察能不能破案而争得面红耳赤。因此，听到革新俱乐部成员谈论这件事，也就没什么好惊讶的了，尤其当一位银行副行长也是其中一员。

尊敬的葛迪尔·拉尔夫绝不怀疑调查即将取得的成果，因为他觉得给予奖金会激发警员的热情和才智，但是他的同伴安德鲁·斯图亚特却极不赞成这种信心。绅士们的讨论继续进行着，他们坐在一张惠斯特牌桌边，斯图亚特坐在弗拉纳根对面，法伦丁坐在费雷亚斯·福格对面。打牌时，大家一言不发，可是在两局之间，中断的争论便会更加激烈地恢复。

"我确信，"安德鲁·斯图亚特说，"运气在窃贼那边，他必定是个极为机敏的人！"

"怎么可能呢？"拉尔夫回答，"他不可能藏身在任何一个国家。"

"才怪！"

"您认为他会跑去什么地方呢？"

"我哪会知道呢，"安德鲁·斯图亚特回答，"但是，说到底，地球那么大。"

"地球以前的确很大……"费雷亚斯·福格低声说，"轮到您切牌，先生。"他补上一句，一边把牌递给托马斯·弗拉纳根。

牌局开始，讨论中断了。但是，安德鲁·斯图亚特不久又说：

"什么叫以前的确很大！难道地球一不小心变小了吗？"

"毫无疑问，"葛迪尔·拉尔夫回答，"我赞同福格先生的说法。地球变小了，因为现在绕地球一圈比一百年前快十倍。这也是为什么我们办这件案子时，调查会进展得更快。"

"也会让这个小偷逃得更快！"

"轮到您出牌了，斯图亚特先生！"费雷亚斯·福格说。

但是，不轻信的斯图亚特并没有被说服，于是，一局结束后他继续说："必须承认，拉尔夫先生，您刚才说地球缩小了，那是开玩笑的说法！就因为如今我们绕地球一圈需要三个月……"

"只要八十天。"费雷亚斯·福格说。

"确实如此，先生们，"约翰·萨利文添上一句，"自从大印度半岛铁路的罗塔尔[1]到阿拉哈巴德路段通车之后，只要八十天就够了，你们看《每日晨报》列出的计算结果。"

每日晨报

从伦敦到苏伊士，途经赛尼山和布林迪西，
坐火车和游船七天
从苏伊士到孟买，坐游船十三天
从孟买到加尔各答，坐火车三天
从加尔各答到中国香港，坐游船十三天
从香港到日本横滨，坐游船六天
从横滨到旧金山，坐游船二十二天
从旧金山到纽约，坐火车七天
从纽约回伦敦，坐游船和火车九天总共八十天

"是的，八十天！"安德鲁·斯图亚特大声说，一个疏忽，出错一张王牌，"不过，没有把坏天气、逆风、海难、火车出轨等计算在内。"

---

1 原文为Rothal，没有找到这座城镇，疑似作者出错，可能为Rothak，罗赫塔克，印度北部哈里亚纳邦的一个城镇。

"一切都包括在内。"费雷亚斯·福格一面说,一面继续打着牌,因为这次的讨论已经不再尊重打牌规矩了。

"甚至还有印度人和印第安人掀掉铁轨呢!"安德鲁·斯图亚特嚷嚷说,"他们甚至还拦截火车,抢劫行李,割下旅行者的头皮!"

"一切都包括在内。"费雷亚斯·福格回答,他摊开手中的牌,加上一句,"两张王牌。"

轮到安德鲁·斯图亚特洗牌,他一边收齐牌,一边说:"理论上说,您是对的,福格先生,但是实际操作起来……"

"实际上也是如此,斯图亚特先生。"

"我倒很乐意看到您实践一下。"

"就看您了。咱们一起出发。"

"老天保佑!"斯图亚特嚷道,"我赌四千英镑(十万法郎),这样一个旅行,在这种条件下,是不可能的。"

"相反,非常可能。"福格先生回答。

"那么,您就旅行一次吧!"

"八十天环游地球?"

"是的。"

"我很乐意。"

"什么时候?"

福格先生与俱乐部的会友打赌八十天内环游地球。他们当场就拟订了一份打赌协议，并且六个当事人都签了字。

"马上。"

"真是疯了！"安德鲁·斯图亚特大喊，他开始让对手的固执弄得有些恼火了，"得了！咱们还是打牌吧。"

"那么重来，"费雷亚斯·福格说，"因为出错牌了。"

安德鲁·斯图亚特用滚烫的手捡起牌；突然，他把牌放在桌子上说："那么，好的，福格先生，好的，我赌四千英镑！"

"我亲爱的斯图亚特，"法伦丁说，"冷静下来，这只是说说而已。"

"当我说我敢打赌时，"安德鲁·斯图亚特说，"从来就不只是说说而已。"

"那就一言为定！"福格先生说，然后转向他的会友们，"我有两万英镑（五十万法郎）在巴林兄弟银行里存着。我很愿意冒险尝试一次……"

"两万英镑啊！"约翰·萨利文喊道，"一次难以预料的晚点，就会让您失去两万英镑啊！"

"不存在难以预料。"费雷亚斯·福格只是轻描淡写地回答一句。

"但是，福格先生，我们计算出来的八十天，只是最低限度啊！"

"最低限度好好利用也足够了。"

"可是，要想不超过时间，必须精准地从火车跳上轮船，再精准地从轮船跳回铁轨！"

"我会精准地跳来跳去。"

"你一定是在开玩笑！"

"当涉及打赌这样严肃的事情时，一个真正的英国人从不开玩笑，"费雷亚斯·福格回答，"我要在八十天，甚至更少时间内环游地球，也就是说，在一千九百二十小时或者说十一万五千二百分钟内。我用两万英镑来打这个赌。你们接受吗？"

"我们接受。"斯图亚特、法伦丁、萨利文、弗拉纳根和拉尔夫先生取得一致意见后回答。

"好，"福格先生说，"多佛尔的火车八点四十五分开。我坐这一班车走。"

"今晚吗？"斯图亚特问。

"就是今晚。"费雷亚斯·福格回答，他查看过一本袖珍日历后又说，"所以，今天是10月2日星期三，我应该在12月21日星期六晚上八点四十五分回到伦敦，来到革新俱乐部的这个大厅，否则，现在存放在巴林兄弟银行我账户上的那两万英镑，就名正言顺地属于你们了，先生们——这是一张有着同样款项的支票。"

他们当场就拟订了一份打赌协议，并且六个当事人都签了字。费雷亚斯·福格很冷静。他肯定不是为了赢钱而打赌，两万英镑——他的一半财产——作为赌金，只是因为他预料到，为了干好这件难事——且不说是个不可能执行的计划——他可能需要花费掉另一半财产。至于他的对手们，他们显得很激动，并不是因为赌注的数目很大，而是对于在这种条件下迎战有点迟疑不决。

这时七点的钟声敲响了。大家向福格先生建议不要打惠斯特了，让他有时间做动身的准备。

"我随时都准备好了！"这位冷若冰霜的绅士回答，一面出牌说，"我翻出方块，该您出牌了，斯图亚特先生。"

第四章

费雷亚斯·福格先生使他的仆人惊呆了

七点二十五分，费雷亚斯·福格在惠斯特牌局赢了二十几个几尼[1]之后，向他可敬的会友们告辞，离开了革新俱乐部。七点五十分，他打开家门，走了进去。万事通仔细研读过他的工作程序表，此刻看到福格先生犯了不准时的错误，在这个不合习惯的时刻出现，显得相当惊讶。按照时刻表，萨维尔路的这位房客只应该在午夜准时回家。

费雷亚斯·福格首先上楼到他的房间，然后叫了一声："万事通。"

万事通没有回答。这叫声不可能是在叫他。时间不对。

---

1 几尼：英国旧金币，一几尼合二十一先令。

"万事通。"福格先生又叫了一声，并没有提高嗓门。

万事通出现了。

"我叫你第二遍了。"福格先生说。

"但这不是午夜呀。"万事通回答，手里拿着表。

"我知道，"费雷亚斯·福格先生回答，"我不责备你。我们十分钟后去多佛尔和加莱[1]。"

法国人的圆脸上浮现出一副奇怪的表情。显然他没听明白。

"先生要出门？"他问。

"是的，"费雷亚斯·福格回答，"咱们要环游地球。"

万事通瞪大了眼睛，眼皮和眉毛耸起，双臂松弛，身体塌陷下去，呈现出惊讶到发呆的模样。

"环游地球！"他嘟哝着说。

"在八十天内，"福格先生回答，"所以，我们一刻也不能耽误。"

"但是我们的行李呢？⋯⋯"万事通说，下意识地摇着头。

"没有行李。只有一个日用品袋子。里面放两件羊毛衬衫、三双袜子。你也一样。我们会在路上买。你拿上我的雨衣和旅行毛毯。你要穿一双结实的鞋子。不过，我们也不会走很多路，或

---

1 加莱：加莱是法国重要港口，有跨海到英国的客运和邮运港。与英国隔海相望，是距离多佛尔港口最近的法国港口。

者不走路。去吧。"

万事通本想回答，但说不出话。他离开福格先生的房间，上楼来到自己的房间，跌坐在一张椅子上，说了一句家乡的土话："哎，好呀，这回可搞大了！"他自言自语，"我这个本想好好安生的人……"

他机械地做着动身的准备。八十天环游地球！莫非他是找了个疯子做主人？不……这是个玩笑？要去多佛尔，好的。要去加莱，也行。毕竟，这不会真的使这位老实的小伙子不高兴，他已经五年没有踏上祖国的土地了。或许他们还能一路去到巴黎，说真的，他会充满喜悦地重新看到伟大的首都。但是，一位不愿多走一步路的绅士肯定是不会走得更远了……是的，一定是这样，可是这是千真万确的事情，这位一直深居在家中的绅士要出远门！

八点钟，万事通已经准备好简陋的旅行袋，里面装着他和主人全部的衣服；然后，他脑子一片混乱地离开房间，仔细锁上房门，和福格先生会合。

福格先生准备好了。他的腋下夹着《布雷萧大陆火车轮船运行总指南》，这本册子应该能够提供他这次旅途所需的一切指南。他从万事通的手里接过旅行袋，打开后往里面塞了一厚沓在全世界通用的漂亮钞票。

"没有忘了什么东西吧？"他问。

"没有，先生。"

"我的雨衣和旅行毛毯呢？"

"在里面。"

"好，拿好这个袋子。"

福格先生把旅行袋交给万事通。

"千万小心，"他又嘱咐了一句，"里面有两万英镑（五十万法郎）呢。"

旅行袋差点从万事通手里掉下来，仿佛这两万英镑是金子做的，沉到提不动。

主仆俩就这么下楼了，临街的门上了两道锁。

马车站在萨维尔街的尽头。费雷亚斯·福格和他的仆人跳上一辆马车，向查令十字火车站飞速驶去，东南铁路网的一个交接点通往那里。

八点二十分，马车停在火车站的栅栏前。万事通跳到地上。

他的主人跟随着他，付了车费。

这时候，一个可怜的女人，手里牵了个孩子，赤脚踩在烂泥里，戴着一顶破破烂烂的帽子，帽子上垂下一根可怜兮兮的羽毛，褴褛的衣衫上披了一条破烂的披肩，走近福格先生，问他讨钱。

福格先生从衣服口袋里掏出二十几尼，是他刚刚在惠斯特牌局上赢来的，递给这个女乞丐。"拿着吧，善良的人，"他说，"很高兴遇见你！"

然后他走开去。

万事通感觉眼眶似乎有点湿润。他的主人往他心里更迈进了一步。

福格先生和万事通马上走进了车站大厅。他叫万事通买两张去巴黎的头等车厢票。转过身来时，他看见革新俱乐部的五位会友。

"先生们，我出发了，"他说，"我现在带走的护照上会有不同的签证，回来时你们可以检查我的行程路线。"

"哦！福格先生，"葛迪尔·拉尔夫彬彬有礼地回答，"用不着。我们相信您作为绅士的信誉。"

"这样再好不过。"福格先生说。

"您没忘记该在什么时候回来吧？……"安德鲁·斯图亚特提醒说。

"八十天之后，"福格先生说，"就是1872年12月21日，星期六晚上八点四十五分。再见，先生们。"

八点四十分，费雷亚斯·福格和他的仆人坐在同一间车厢里。八点四十五分，汽笛声响起，火车开动了。

夜幕降临。下起了绵绵细雨。费雷亚斯·福格斜靠在角落里，一声不吭。万事通依然头昏脑涨，下意识地紧紧抱住那个装了钞票的旅行袋。

但是，火车还没有越过伦敦南部的西德纳姆，万事通突然绝望地大喊一声。

"怎么啦？"福格问。

"我……匆匆忙忙地，头脑发晕……忘记了……"

"什么？"

"关上我房间里的煤气开关！"

"那么，小伙子，"福格先生冷冰冰地回答，"你来付煤气费！"

第五章

伦敦市场上出现了一种新股票

　　费雷亚斯·福格离开了伦敦，一定没有料到自己的出发会引起如此轰动的反响。打赌的消息首先在革新俱乐部内部传开，在这个可敬的俱乐部的成员中掀起轩然大波。然后，这波动通过记者，从俱乐部传到报纸，从报纸传到整个伦敦乃至英国。

　　这个"环游地球的问题"，受到极其热烈兴奋的评论、争议和分析，好像又是一件新的"阿拉巴马号"[1]事件。有些人赌费雷亚斯·福格赢，还有一些——很快他们形成了绝大部分——赌他

1　阿拉巴马号：美国南北战争中（1861—1865）属于南方势力的阿拉巴马号1864年在瑟堡海域沉没，印象派画家马奈于1865年以此为主题画下油画《基萨奇山号和阿拉巴马号的斗争》。英美政府因其沉没发生了争执，成为轰动一时的国际纠纷，直到福格先生出发前几周的1872年9月14日，国际法庭判决英国赔偿美国一千五百五十万美金才获得解决。

不可能赢。除非是纸上谈兵，不然在这么短的时间里，用当下的交通工具环游地球，这不仅是不可能的任务，这简直是疯了！

《泰晤士报》《标准报》《晚星报》《每日晨报》和另外二十家发行量大的报纸，都公开表明不看好福格先生。唯有《每日电报》在一定程度上支持他。费雷亚斯·福格被普遍看成是古怪的疯子，而他革新俱乐部的会友们因为打这个赌也受到了责备，出这个主意的人被认为一定是脑力衰退。

关于这个问题，很多带有严重偏见，但也不失逻辑的文章被刊登出来。众所周知，在英格兰的土地上，人人都热衷于任何与地理有关的事情。因此，每个读者，不管属于哪个阶层，没有不对有关费雷亚斯·福格的专栏文章先睹为快的。

开头几天，有些精神上比较激进的人——主要是女人——表示支持他，尤其是在《伦敦新闻画报》根据革新俱乐部档案里的照片发表了他的肖像之后。有些绅士敢于说："嘿！嘿！说到底，为什么不支持他呢？更非同一般的新鲜事我们都见过啊！"他们主要是《每日电报》的读者。可是，很快人们就发现，这家报纸也开始打退堂鼓。

果然，10月7日，一篇长文在《皇家地理协会公报》上刊登出来。它从各个角度去分析这个问题，清清楚楚地指出这项举动的疯狂。根据这篇文章，一切都对旅行者不利，包括人为和自然的障碍。这个计划要取得成功，必须让出发和到达的时间与预算中奇迹般地一致，而这种一致是不存在的，也是不可能存在的。严格地说，在欧洲，行程相对还短一点，还可能指望火车准点到站；但是要花三天时间穿越印度，七天穿越美国，还能相信这趟行程的方方面面都能做到精准吗？还有机器故障、火车出轨、撞车事故、恶劣天气、积雪挡路，难道这一切不会对费雷亚斯·福格造成不利吗？冬天，他在邮船上，难道不会受到狂风和迷雾的摆布吗？最好的远洋邮轮迟到两三天，难道还少吗？可是，只要出现一次延误，这条交通链就会不可弥补地被打破。要是费雷亚斯·福格错过了一班邮轮起航，哪怕是几小时，他就不得不等待下一班邮轮，就这么一次，他的旅行就会不可避免地功亏一篑了。

文章引起了强烈轰动，几乎所有的报纸都加以转载。尤其值得一提的是，费雷亚斯·福格的股票价格下跌了。

在这位绅士动身之后的头几天，有些大事件被卷入影响了这项举动，成了它的"随机变量"。众所周知，英格兰的赌徒圈子比打牌圈子更机智，也更高雅。英国人生性热爱打赌。因此，不仅革新俱乐部的各位成员在支持或者反对费雷亚斯·福格上下了巨大赌注，而且广大公众也参加到这股潮流中。费雷亚斯·福格就像一匹赛马，被登记在一种赛马名册里。大家把他变成了交易所的一种股票，立刻就在伦敦广场上挂牌上市了。人们定价或者溢价购入和抛售"费雷亚斯·福格"股票，达成了大笔的交易。但是在他离开五天，在《皇家地理协会公报》登出那篇文章后，人们开始大量抛售。"费雷亚斯·福格"降价了。先是一赔五，接着一赔十，直至一赔二十，一赔五十，一赔一百！

最后只剩下一位支持者。这是一位瘫痪的老人，阿尔伯马尔勋爵。这位令人尊敬的绅士，坐在扶手椅上动弹不得，为了能够环游地球，他愿意贡献出他的财产，哪怕需要十年时间！他赌五千英镑（十万法郎），相信费雷亚斯·福格会赢。当别人跟他指出这个计划的愚蠢和不可完成性时，他仅仅是回答："如果这件事情是能够完成的，那么由英国人第一个完成岂不是很好！"

但是，事情到了这个地步，费雷亚斯·福格的支持者越来越少；所有人，并不是毫无理由地，都开始不看好他；赔率降到了一赔一百五十、一赔两百。他动身七天后，发生了一件完全在意料之外的事，使人们的支持彻底消失。

意外发生的这一天，晚上九点钟，首都警察局长收到了一封电报，内容如下：

苏伊士致伦敦电

苏格兰场警察总局局长罗万先生：

　　我在跟踪银行盗窃案嫌犯，费雷亚斯·福格。请速邮寄逮捕令至孟买（英属印度）。

警探，菲克斯

这封电报马上产生了反响。尊敬的绅士消失了，摇身一变，成了偷钞票的窃贼。人们查看了存放在革新俱乐部里的他与会友们的照片。简直与调查提供的嫌疑犯的相貌特征一模一样。人们回想起费雷亚斯·福格的神神秘秘、离群索居和突然动身，很明显，这个人借口环游地球，又以疯狂的打赌来支持这个行动，无非是要甩掉英国警察。

第六章

怪不得警探菲克斯如此焦急

关于费雷亚斯·福格的这封电报，是在这种情况下发来的。

10月9日，星期三，人们在苏伊士等待上午十一点到岸的蒙古号邮轮，这艘船属于东方半岛公司，装备了螺旋桨和轻甲板，载重两千八百吨，标定功率五百马力。蒙古号有规律地通过苏伊士运河，往返在布林迪西和孟买之间。这是公司最快的船只之一，在布林迪西和苏伊士之间的规定航速是每小时十海里，从苏伊士到布林迪西的规定时速是九点五三海里，而它总是超速航行。

在等待蒙古号到达之际，有两个人在码头上散步，他们混迹在本地人和涌入这座城市的外地人之间；这里不久以前还是一个小镇，德·雷赛布[1]先生的宏伟工程，保证了它的锦绣前程。

这两个人中，一个是英国驻苏伊士的领事——尽管英国政府和工程师史蒂芬森[2]都对运河的未来并不看好——他每天还是可以看到英国船只穿梭于这运河，它把从英国绕过好望角抵达印度的航程缩短了一半。

另一个是瘦小的男人，面相机灵而神经质，非常执着地紧皱着眉。长睫毛下燃着炽热的目光，但是他擅长按自己的意志来克制这种炽热。这时候，他显得有些不耐烦，走来走去，无法待在原地。

这个人自称菲克斯，是个英国"侦探"或警员，在英格兰银行失窃后被派到各个港口。这个菲克斯被指派来，以最高度的谨慎监视经过苏伊士的所有旅客，一旦发现有形迹可疑者，就要一边"跟踪"他，一边等待收到追捕令。

准确地说，两天前，菲克斯收到了首都警察局长发来的行窃嫌疑犯的相貌特征。就是人们在银行付款大厅观察到的，那个仪表堂堂的人。

---

1 斐迪南·玛利·维孔特·德·雷赛布（Ferdinand Marie Vicomte de Lesseps，1805—1894），法国外交官、实业家。著名的苏伊士运河即由他主持开凿。后面的宏伟工程即指苏伊士运河的开凿。
2 罗伯特·史蒂芬森（RobertStephenson，1803—1859）：他参与建造了第一条公共铁路。

侦探显然被悬赏捉拿的巨额奖金所吸引，此刻正带着一种不难理解的焦急，等待着蒙古号的抵达。

　　"领事先生，您说，"这是他第十次问了，"这艘船不会晚点吧？"

　　"不会，菲克斯先生，"领事回答，"昨天它已经被发现出现在塞得港[1]海域，一百六十公里的运河对这样一艘邮船来说不算什么。我对您再说一遍，蒙古号总是获得二十五英镑的奖金，这是政府颁发给比预计时间提前二十四小时抵达的邮船的。"

　　"这艘邮船是直接从布林迪西开过来的吗？"菲克斯问。

　　"从布林迪西直接来，在那儿装上寄往印度的邮件，星期六傍晚五点出发的。所以耐心等等吧，它不会晚点的。但我真的不知道，如果那个人在蒙古号上，根据您收到的相貌特征，真的能认出他吗？"

　　"领事先生，"菲克斯回答，"这种人，与其说是认出来，不如说是感觉出来。一定要嗅觉敏锐，这种洞察力，就像一种特殊的感官能力，由听觉、视觉和嗅觉结合起来。这样的绅士，我这辈子抓过不止一次，只要这个小偷在船上，我向您保证，他就逃不出我的手掌心。"

1　塞得港：是埃及东北部地中海沿岸靠近苏伊士运河的港口城市，塞得港省首府。

"但愿如此，菲克斯先生，因为关系到一个大案子。"

"一个迷人的大案子，"警探激动地说，"五万五千英镑！我们不是常常都能撞上这么个大机会的！现在的贼都变得碌碌无为了！雪柏德[1]这样的大盗都销声匿迹了！如今的贼都能为几个先令被绞死！"

"菲克斯先生，"领事回答，"看您这么说，我真希望您能成功；但是，我再跟您重复一遍，在您目前的情况下，我担心事情不会那么容易。您知道，根据您收到的相貌特征，这个人绝对像一个正人君子。"

"领事先生，"警探武断地回答，"那些大盗，看起来总是和正派人没什么两样。您知道，那些长着一脸坏相的家伙，他们别无选择，只能老实待着，不然很容易就被捉住了。而那些长相正直的人，正是这些家伙，我们要好好盯着。这不是个容易的差事，我得承认，这已经不是一个工作了，而是一门艺术。"

看得出来，这个菲克斯身上，并不缺少某种自恋。

码头越来越热闹。各个国家的水手、商人、经纪人、搬运工和农民蜂拥而至。显然邮轮很快就要靠岸了。

天气还算晴朗，可是刮着东风，空气有点凉飕飕的。微弱的

---

1 杰克·雪柏德（1702—1724）：伦敦18世纪早期著名的英国大盗，四次成功越狱，最后被捕，并处以绞刑。

阳光照射下，几座清真寺的尖塔凸显在城市上空。南面，一道两千米的长堤宛如一条手臂，伸展在苏伊士运河的锚地。红海的海面上，行驶着不少渔船或是航船，其中有几艘还以自己的方式保留着古代帆桨战船的优雅模样。

菲克斯一面在人群中穿梭，一面出于职业习惯，扫视着行人。

这时已经十点半了。

"这艘邮船还没有到！"他听到港口的大钟敲响时，喊了起来。

"它应该离得不远了。"领事回答。

"船在苏伊士要停多久？"菲克斯问。

"四个钟头。要装煤。从苏伊士到亚丁[1]，到红海的尽头，总共一千三百一十海里，必须储备燃料。"

"那么这艘船，是从苏伊士直接去往孟买吗？"菲克斯问。

"直接到，不再停下卸货。"

"那么，"菲克斯说，"如果这个贼走的是这条线路，坐的是这艘船，他应该计划在苏伊士下船，为了能够走另一条路，到达荷兰或者法国在亚洲的殖民地。他应该知道，他在印度不安全，因为这是英国的领地。"

1　亚丁：位于阿拉伯半岛南端，也门共和国哈迪政权的临时首都、经济中心，亚丁省省会，重要国际港口。

"除非这是个狠角色，"领事回答，"您知道，英国的罪犯在伦敦总是比在外国藏得更好。"

听到这个想法，警探陷入了沉思，领事回到他距离不远的办公室。警探独自一人，沉浸在紧张焦虑之中，他有一种相当诡异的预感，觉得窃贼就在蒙古号船上——确实，如果这个贼离开英国是为了去到新大陆[1]的话，印度这条线路受的监控少一些，或者说，比走大西洋的线路更难检测，应该是他的优先选择。

菲克斯的沉思很快被打破了。尖厉的汽笛声说明邮船抵达了。那群搬运工和农民涌向码头，杂乱不堪，乘客生怕被撞到，或者被弄脏了衣服。十来条小艇离开了河岸，迎着蒙古号划去。

不一会儿，可以看到蒙古号巨大的船身进入运河，当轮船在锚地停靠时，十一点敲响了，轮船的烟囱轰鸣着喷出烟雾。

船上的旅客熙熙攘攘。有些人待在甲板上眺望着这座城市的秀美风景，但是大部分人登上了向蒙古号靠近的小艇。

菲克斯仔细地审视所有上岸的旅客。

这时，其中一人使劲推开缠上来要帮忙拿行李的农民，他走近菲克斯，彬彬有礼地问，能不能告诉他英国领事馆怎么走。同时这个旅客拿出一本护照，无疑是想要在上面加盖一个英国签证。

1　新大陆：欧洲人于15世纪末发现美洲大陆及邻近群岛后对这片新土地的称呼。

菲克斯本能地接过护照，迅速瞥了一眼，看了看这个人的相貌特征。

菲克斯不由自主地颤动了一下，护照险些掉在地上。护照上表明的相貌特征与他从首都警察局长那儿收到的一模一样。

"这本护照不是您的吧？"他问这位旅客。

"不是，"这个人回答，"这是我主人的护照。"

"您的主人？"

"他在船上。"

"但是，"警探说，"他必须亲自到领馆去证明身份。"

"什么？必须这样吗？"

"必须这样。"

"领馆在哪儿呢？"

"那边，广场拐角上。"警探指着两百步开外的一所房子回答。

"那么，我去找我的主人，不过，要特意跑一趟，他一定很不乐意！"

说完，旅客向菲克斯致意，返回邮轮上。

第七章

再次证明护照对警探没用

　　警探离开码头，迅速朝领馆走去。很快，在他的迫切要求下，他被引往工作人员身边。

　　"领事先生，"他开门见山地说，"我几乎可以确信，我们要找的人的确搭乘了蒙古号。"

　　菲克斯叙述了刚才那个仆人和他之间发生的关于那本护照的事情。

　　"好，菲克斯先生，"领事回答，"我不会因为看到那个混蛋的嘴脸而生气的。但是，如果事情真的如您料想的那样，他很有可能不会出现在我的办公室里。窃贼不喜欢在身后留下踪迹，而且，查护照也不是必不可少的形式。"

　　"领事先生，"警探回答，"假如这真的是我们料想中的那个人，他会来的！"

"办签证？"

"是的。护照从来就是麻烦正派人而帮助无赖潜逃的。我向您保证，这本护照中规中矩，但我希望您不要签署……"

"为什么不要签署？如果这本护照符合规定，"领事回答，"我没有权力拒签。"

"但是，领事先生，必须把这个人拖住，直到我收到从伦敦寄来的逮捕令啊。"

"啊！菲克斯先生，这是您的事，"领事回答，"至于我，我不能……"

领事的话还没有说完，这时，有人敲他办公室的门，办事员带进来两个陌生人，其中一个正是那仆人，和警探已经见过面。

确实是这主仆二人。主人提交他的护照，简要地请领事在上面盖章。

领事拿起护照，仔细地看，而菲克斯在办公室的角落里打量这个陌生人，或者更确切地说，是死死盯住这个陌生人看。

领事看完护照问："您是费雷亚斯·福格先生吗？"

"是的，先生。"绅士回答。

"这个人是您的仆人吗？"

"是的。一个法国人，叫万事通。"

"你们从伦敦来吗？"

"是的。"

"去哪儿？"

"去孟买。"

"好，先生。您知不知道，这本签证的手续已经作废了，我们不再需要护照了？"

"我知道，先生，"费雷亚斯·福格回答，"但我希望您的签证能够证明我经过苏伊士。"

"好的，先生。"

于是领事在护照上签字并写上日期，盖上他的章。福格先生获得了他的签证，冷冰冰地致敬之后就出去了，他的仆人尾随在身后。

"怎么样？"警探问。

"不怎么样，"领事回答，"他的模样完全就像个正派人。"

"可能，"菲克斯回答，"但这根本不是问题所在。领事先生，您不觉得这位冷淡的绅士看起来和我收到的窃贼外貌特征一模一样吗？"

"我同意，但是您知道，所有这些相貌特征……"

"我清楚得很，"菲克斯回答，"在我看来，这个仆人不像主人那般难以捉摸。而且，这是个法国人，总是忍不住要说话。

待会儿见，领事先生。"

说完，警探就出去找万事通了。

然而，福格先生离开领馆后，就直奔码头了。他在那儿对仆人吩咐了几句；然后他坐上小艇，回到蒙古号的船舱里。他拿出记事本，做了下面的记录：

离开伦敦，10月2日，星期三，晚上八点四十五分。

抵达巴黎，10月3日，星期四，早上七点二十分。

离开巴黎，星期四，早上八点四十分。

途经赛尼山到达都灵，10月4日，星期五，早上六点三十五分。

离开都灵，星期五，早上七点二十分。

到达布林迪西，10月5日，星期六，下午四点。

登上蒙古号，星期六，下午五点。

到达苏伊士，10月9日，星期三，早上十一点。

总共耗时：一百五十八小时三十分，也就是六天半。

福格先生把这些日期记在一本分栏的游记本上——从10月2

日至12月21日——标明月份、日期，每个主要地点的规定到达和实际到达时间：巴黎、布林迪西、苏伊士、孟买、加尔各答、新加坡、中国香港、横滨、旧金山、纽约、利物浦、伦敦，这样好让他计算出每个途经地，他提前或者延误了多少时间。

这个精细的行程记录簿就这样把一切都记录下来，福格先生总是能知道，他是提前了还是延误了。

这一天，10月9日，星期三，他到达苏伊士，和规定到达时间吻合，没有提前，也没有延误。

随后，他让人把午餐送到他的船舱里。至于参观城市，他连想都没想，这是由于英国人总是让仆人代替他们参观途经的国家。

第八章

万事通可能有些多嘴了

不久，菲克斯在码头上追上了万事通，他在闲逛和游览，他觉得总该看些什么。

"嘿，我的朋友，"菲克斯走近他说，"您的护照签证办好了吗？"

"啊！是您，先生，"这个法国人回答，"非常感谢。手续都办好了。"

"您在逛这个地方？"

"是的，但我们行程很匆忙，我感觉自己梦游一样。就这样，我们这是在苏伊士了？"

"是苏伊士。"

"在埃及？"

"在埃及，非常准确。"

"在非洲？"

"在非洲。"

"在非洲！"万事通重复了一遍，"我都不敢相信。先生，您想啊，我以为我们不会走得比巴黎更远了，这座大名鼎鼎的首都，我是在早上七点二十分重新见到它的，一直到八点四十分，从巴黎北站一路到里昂火车站[1]，我透过一辆出租马车的玻璃窗和一场滂沱大雨，观赏着它！我真是怀恋它！我本想再去看看拉雪兹神父公墓[2]和香榭丽舍马戏团[3]的！"

"所以您是匆匆赶路的吧？"警探问。

"我可不是，但是我的主人很匆忙。对了，我要去买些袜子和衬衫！我们出发的时候没带什么行李，只有一个简单的日用品袋子。"

"我带您去个集市吧，您在那儿能找到您所需要的一切。"

"先生，"万事通回答，"您真是太热心肠了！……"

1　里昂火车站：位于巴黎十二区的一个火车站。
2　拉雪兹神父公墓：巴黎最大的公墓，位于二十区，埋葬着例如肖邦、王尔德等众多名人。
3　香榭丽舍马戏团（1841—1900）：又名夏日马戏团，或者皇后马戏团，19世纪在香榭丽舍大街的马里尼广场演出，之后因为万国博览会而关闭。留下了巴黎的一条街名：马戏团街。

两个人就这么走了。万事通总是说个没完。

"重要的是，"他说，"我得千万小心，不能误船！"

"您有的是时间，"菲克斯回答，"这才刚刚到中午！"

万事通掏出他的大怀表。

"中午，"他说，"怎么会！现在才九点五十二分！"

"您的表慢了。"菲克斯回答。

"我的手表！这是祖传的表，是我曾祖父的。一年不会误差五分钟。这是一只真正的精密表！"

"我知道这是怎么回事儿了，"菲克斯回答，"您保留着伦敦时间，比苏伊士时间差不多要慢两小时。必须注意在每个地方的中午调整您的手表。"

"我？！调整我的表？！"万事通叫起来，"绝不！"

"那么，它就和太阳的运行不一致了。"

"去它的太阳吧，先生！是太阳的错！"

这个正直的小伙子姿态傲然地把他的手表放回到了背心口袋里。

过了一会儿，菲克斯对他说："想必您离开伦敦时很仓促吧？"

"千真万确！上周三晚上八点钟，福格先生一反常态，他从俱乐部回来，三刻钟后我们就出发了。"

"但是，您的主人他要去哪儿呢？"

"一路向前！他要环游地球！"

"环游地球？"菲克斯大声说。

"是的，在八十天之内！他说是打赌，不过，私下跟您说吧，我觉得根本办不到。这件事太不合常理了。肯定还有别的事。"

"啊！这个福格先生，有点古怪吧？"

"我觉得是有点。"

"所以他很有钱咯？"

"很显然，他还随身携带了一大笔钱呢，都是崭新的纸币！他在路上可不省钱！嘿！他答应蒙古号的掌舵，如果大大提前到孟买，就给他一大笔赏金呢！"

"您认识您的主人很长时间了吧？"

"我呀！"万事通回答，"是在我们动身那天开始服侍他的。"

不难想象，这番对话，对本就已经过度兴奋的警探，会产生多大的精神刺激。

在盗窃案发生后不久，匆匆忙忙离开伦敦，携带巨款，以奇怪的打赌为借口，匆忙赶往遥远的国度，这一切都确凿地证实了菲克斯的猜测。他继续任由这个法国人说话，由此确信这个小伙子完全不了解他的主人，他还确信这个人在伦敦离群索居，别人都说他很有钱，却不知道他财产的来源，这是一个难捉摸的人，等等。但是，与此同时，菲克斯能够确定的是，费雷亚斯·福格绝不会在苏伊士下船，他必定要去孟买。

"孟买远吗？"万事通问。

"挺远的，"警探回答，"在海上还要航行十多天。"

"孟买在那儿？"

"在印度。"

"亚洲？"

"当然。"

"见鬼！我要对您说……有件事让我很担心……我的开关！"

"什么开关？"

"我的煤气开关，我忘关了，煤气费要我来付。我计算过，二十四小时要付两先令，正好比我的工钱要多六便士。您明白吗？这旅行照这样拖下去……"

菲克斯明白煤气这种事儿吗？不太可能。他不再听下去，并且做出一个决定。法国人和他来到集市。菲克斯留下他那要买东西的同伴，叮嘱他不要错过蒙古号的开船时间，自己便匆匆回到了领馆。

现在，菲克斯已经坚定了信念，他恢复了冷静。

"先生，"他对领事说，"我已经确定无疑了。我没有弄错人。窃贼就是这个装成要在八十天内环游地球的怪人。"

"那么这是个狡猾的家伙，"领事回答说，"他打算甩掉两边大陆的全部警察之后，回到伦敦去！"

"我们走着瞧吧。"菲克斯回答。

"不过，您确定不会搞错吧？"领事又问了一遍。

"不会搞错。"

"那么，这个窃贼为什么坚持用签证证明他经过苏伊士呢？"

"为什么？……我一无所知，领事先生，"警探回答，"不过，您听我说。"

他简单转述了他和那个"所谓的福格先生"的仆人的谈话要点。

"确实，"领事说，"所有的推测都对这个人不利。您准备怎么做？"

"给伦敦发封电报，紧急要求发给我到达孟买的逮捕令，我登上蒙古号跟踪这个贼到印度，在那片英国的属地上，礼貌地上前和他说话，一手拿着逮捕令，一手抓住他肩膀。"

警探冷冷地说完这些话，向领事告辞，前往电报局。他在那里向首都警察局长发了一封电报，我们已经知道内容了。

　　一刻钟后，菲克斯手里提着简单的行李，再带上足够的钱，也登上了蒙古号，很快，这艘快船就加足马力，行驶在红海的海面上了。

第九章

红海和印度洋有利于费雷亚斯·福格计划的实施

苏伊士和亚丁之间，相距整整一千三百一十海里，船运公司给游船租赁的时间是一百三十八小时。蒙古号火力全开，看起来能比规定时间更早抵达。

在布林迪西上船的大部分旅客都是要去印度的。有些去孟买，另一些去加尔各答，但是也要经过孟买，因为，自从贯穿印度半岛的铁路通车之后，再也用不着绕过锡兰[1]海角了。

蒙古号上的乘客中，有各种公务员和各级军官。其中有些属于英国的正规军，另外一些指挥本地的印度兵，薪金都很高，如今的政府接替了以前印度公司的权力，减少了负担：少尉七千法

---

1 锡兰：斯里兰卡。

郎，旅长六万法郎，将军十万法郎[1]。

蒙古号上的乘客生活得很舒适，在官员的圈子中，掺杂了几个年轻的英国人，他们身揣百万，到远方去建立商行。乘务长是公司信任的人，相当于船长，做事讲究气派。无论是上午的早饭、下午两点的午饭、五点半的晚饭，还是八点的宵夜，船上的屠宰室和配餐室提供的一盘盘的鲜肉和甜点，把桌子都压弯了。女乘客——的确有那么几位——每天要换两套衣服。有人演奏音乐，当海上风平浪静时，甚至有人跳舞。

但是红海就像所有狭长的海湾一样变幻莫测，甚至往往是状况恶劣。风要么是从亚洲海岸吹来，要么是从非洲海岸吹来，蒙古号这艘装了螺旋桨的纺锤体邮轮，侧面受风，颠簸得厉害。于是女士们躲了起来，钢琴沉默了，歌舞也同时静止了。然而，尽管狂风大浪，邮船在强大的机器推动下，依然毫不耽误地驶向曼德海峡[2]。

这段时间里，费雷亚斯·福格在做什么呢？可能有人会以为他总是忐忑焦虑，时刻关注着风向的变动是否会对航行不利，海浪的颠簸是否会造成机器的故障，还有各种可能的海运损失，是

1　文官待遇更高。初级的普通助理一万两千法郎；法官六万法郎；法院院长二十五万法郎，省长三十万法郎，总督超过六十万法郎。——原注

2　曼德海峡：是连接红海和亚丁湾的海峡。

否会迫使蒙古号在某个港口停泊，从而阻碍他的旅行。

根本不是，或者，即便这位绅士想到这些可能性，至少他也不会流露出什么来。他始终不动声色，依然是革新俱乐部那位沉着冷静的会员。任何插曲或者事故都不能使他惊慌失措。他就像船上的测时器一样不为所动。很少看他出现在甲板上。他并没有忧心忡忡地去观察红海[1]，这片充满回忆的海，这个上演了人类一幕幕历史故事的舞台。他不去辨认遍布两岸的稀奇古怪的城市，有时，它们秀美如画的剪影映衬在天际。他甚至不去想这个阿拉伯海湾的危险，古代历史学家斯特拉波[2]、阿里安[3]、阿尔泰米多尔[4]、伊德里西[5]说起这个地方总是充满了惊恐，而从前的航海家在没有做过祭拜的情况下，从不敢贸然前往。

那么，这个怪人关在蒙古号上干什么呢？首先，他一天要吃四顿饭，船再颠簸晃动，也不会使这部结构优异的机器出毛病。还有，他打惠斯特牌。

1　红海：《圣经》旧约中，摩西引领希伯来人出埃及所渡过的海域。

2　斯特拉波（公元前64年或公元前63—23年）：公元前1世纪古希腊历史学家、地理学家，生于现在土耳其的阿马西亚（当时属罗马帝国），著有《地理学》17卷。

3　阿里安（86—146）：一位希腊历史学家和罗马时期的哲学家，著有一部描述亚历山大大帝功勋的《远征记》与描述军官尼阿卡斯跟随亚历山大大帝远征印度的著作 Indica。

4　阿尔泰米多尔（约公元前1世纪）：希腊地理学家。

5　阿布·阿布德·阿拉·穆罕默德·伊德里西·库尔图比·哈萨尼（1100—1166）：阿拉伯地理学家、制图家和旅行者。

是的！他遇到了和他一样痴迷的牌友：一位要到果阿[1]赴任的税收官；一位返回孟买的可敬的牧师——德西穆斯·史密斯；一位到瓦拉纳西[2]复职的英军旅长。这三个乘客和福格先生一样，对惠斯特非常着迷，他们打起牌来一连好几个小时，也和福格先生一样沉默寡言。

至于万事通，他一点都不晕船。他的船舱在前面，他也一样，吃饭的时候非常用心。应该说，很显然，这场旅行的条件很优越，并没有使他不悦。他打定了主意，吃好，睡好，看看各个国家，再说，他断定，这次心血来潮的旅行会在孟买结束。

离开苏伊士的第二天，10月10日，他在甲板上遇到了那个在埃及码头讲过话并帮助过他的人，有些惊喜。

"我没有搞错吧，"他笑容可掬地走上前去，"先生，您就是在苏伊士好心地给我做过向导的那个人吧？"

"正是，"警探回答，"我认出您了！您是那个古怪的英国人的仆人……"

"一点不错，先生……怎么称呼？"

"菲克斯。"

"菲克斯先生，"万事通回答，"很高兴在船上又遇到您。

1　果阿：印度城市。
2　瓦拉纳西：印度城市，在恒河边上，是印度人心中的圣城，河堤有尸体焚烧。

您到哪儿去？"

"和你们一样，到孟买。"

"太好了！您以前去过吗？"

"去过几次，"菲克斯回答，"我是半岛公司的代理人。"

"那么您对印度很熟悉吧？"

"嗯……是的……"菲克斯回答，不想谈得太深。

"印度好玩吗？"

"很有意思！有清真寺、尖塔、寺庙、苦行僧、宝塔、老虎、蛇、舞女！但是你们有时间去逛逛这个国家吗？"

"我是非常希望去逛逛的，菲克斯先生。您懂的，一个脑袋正常的人是不会借口要在八十天内环游世界，而把生命浪费在从轮船跳到火车，再从火车跳到轮船的！不。这种体操会在孟买停止的，不用怀疑。"

"福格先生身体可好？"菲克斯用最自然的语气问。

"很好，菲克斯先生。我也很好。我吃起饭来像匹饿狼。这是海上空气好的缘故。"

"您的主人呢，我在甲板上从来没有见过他。"

"他从不来甲板。他不好奇。"

"万事通先生，您知道吗，这个所谓的八十天环球之旅可能隐藏着什么秘密……比如说，一项外交使命！"

"天啊，菲克斯先生，不瞒您说，我一无所知，而且，说到底，我也完全不想了解。"

这次相遇之后，万事通和菲克斯经常一起聊天。这位警探坚持和福格先生的仆人搭讪，保不准什么时候就会派上用场。于是他常常请万事通去蒙古号的酒吧喝上几杯威士忌或者啤酒，这个善良的小伙子总是坦然地接受，为了不欠人情，他甚至还回请——并且还觉得这个菲克斯是个正派的绅士。

邮船高速行驶着。13日，船靠近摩卡[1]，在一圈断壁残垣里边，这座城市显露出来，城墙上还耸立着几棵郁郁葱葱的椰枣树。远远的山丘上，延绵着宽阔的咖啡园。万事通欣喜地凝望着这座著名的城市，他甚至发现，这环形围墙和一个形如把手的拆毁了的城堡拼凑在一起，简直就像一个巨大的咖啡杯。

当天夜里，蒙古号越过曼德海峡，它的阿拉伯名字意为"泪水之门"，第二天，14日，船停靠在亚丁港西北的轮船泊位。船就在那里补给燃料。

在离矿区这么远的地方给邮船补充燃料，是一件艰难而重要的工作。仅仅是半岛公司，每年的花销就高达八十万英镑（两千万法郎）。的确需要在几个港口建立仓库，在外海，煤的价格

1　摩卡：位于也门红海岸边的一个港口城市。从15世纪到17世纪，这里曾是国际最大的咖啡贸易中心。

是每吨八十法郎。

蒙古号还要航行一千六百五十海里才能抵达孟买，它要在轮船泊位停留四个小时，好把煤舱装满。

但是这次耽搁丝毫无损于费雷亚斯·福格的计划。他已经预计到了。而且，蒙古号不是在10月15日早晨驶入亚丁的，而是在14日晚上。提前了十五个小时。

福格先生和他的仆人上了岸。这位绅士想办理护照的签证。菲克斯跟随在后面，没有被发现。签证手续办好后，费雷亚斯·福格回到船上，继续他中断的牌局。

万事通在这些索马里人、巴尼昂人、帕尔西人、犹太人、阿拉伯人、欧洲人中间闲逛，他们构成亚丁的两万五千个居民。他欣赏那些堡垒，它们使这座城市成为印度洋的直布罗陀；他欣赏那些华丽的蓄水池，在所罗门王[1]的工程师修建好两千年后，英国的工程师还在维修。

"真有意思，真有意思！"万事通回到船上时心里想着，"我发现旅行还是有用的，能让人大开眼界。"

晚上六点的时候，蒙古号的螺旋桨拍击着亚丁港的海水，不一会儿就行驶在了印度洋上。在亚丁和孟买之间的航行，预计是

1　所罗门王（公元前1000年—公元前930年）：以色列国王，耶路撒冷第一圣殿的建造者，智慧过人，拥有无上的财富和权力。

一百六十八小时。况且印度洋刮着西北方向的风，有利于航行。风帆能助蒸汽一臂之力。

顺风行船，就没有那么颠簸。女乘客们换了新的装束，重新出现在甲板上。歌舞又重新开始了。

旅程一路上状况很好。万事通很高兴结识了菲克斯，作为他一路可爱的旅伴。

10月20日，星期天，接近中午时，人们看到了印度海岸。两小时以后，领航员登上蒙古号。地平线上，山丘的远景和谐地映衬在天际。不久，遍布城市的一排排棕榈树鲜明地凸显出来。邮船开进这个由撒尔塞特岛、科拉巴岛、象岛、屠夫岛组成的锚地，四点半，它停靠在孟买的码头。

费雷亚斯·福格这时打完了白天的第三十三场牌局，他的伙伴和他大手笔地吃进十三组牌，以出色的大满贯结束了这次完美的航行。

蒙古号本来应该在10月22日到达孟买。然而它在20日就到了。所以自伦敦出发以来，已经赢得了两天时间，费雷亚斯·福格仔细谨慎地在行程记录本的盈余栏上，记下了这两天时间。

第十章

万事通丢了鞋子却幸运脱身

没有人不知道印度——这个国家的版图呈巨大的倒三角，北部是底端，南部是尖端——面积有一百四十万平方英里，在这片土地上，不均匀地分布着一亿八千万居民。英国政府对这片广袤土地的一部分有着真正的统治。它在加尔各答设有一个全国总督，在马德拉斯、孟买、孟加拉都设有地方总督，在阿格拉设有副总督。

不过，英属印度只有七十万平方英里的面积，有一亿至一亿一千万的居民。就是说，有很大一部分的土地依然脱离女王的管辖；实际上，有些内陆的拉贾[1]野蛮可怕，他们拥有绝对的统

1　拉贾：印度对国王或土邦君主、酋长的称呼。

治权。

自1756年——英国在如今的马德拉斯城建立起第一个机构——以来，直到1857年印度兵大暴动爆发，著名的印度公司拥有无上的权力。它通过支付很少的地租甚至不支付地租，从拉贾们那里买下土地，逐渐吞并各个省份；它任命总督和文武百官；但是如今它不复存在，印度的英国属地直接归女王统辖。

因此，半岛的面貌、风俗、人种区分日新月异。从前，在这里旅行需要各种旧式的交通工具，走路、骑马、坐大车、坐轿车、坐轿子、人背、坐马车，等等。如今，汽船全速穿过印度河和恒河，一条铁路贯穿印度，所过之处延伸出很多支线，从孟买到加尔各答只需要三天。

这条铁路不是直线穿过印度。直线距离只有一千至一千一百英里，中速行驶的火车不到三天便可穿越；但是，这段铁路一直绕到半岛北部的阿拉哈巴德，至少增加了三分之一的行程。

这里我大概地介绍一下大印度半岛铁路的主要线路。离开孟买岛以后，铁路线穿过撒尔塞特，一跃到达大陆，面对坦纳，穿过西加兹山脉[1]，在东北部奔驰，直到布拉赫马普尔，再穿越本德尔肯近乎独立的领地，往北走，直到阿拉哈巴德，再往东，在瓦

1　西加兹山脉：印度南端山脉。

拉纳西抵达恒河，与之稍稍保持一点距离，再通过巴尔达曼，重新下到东南部的法属城市金德纳格尔，驶往终点站加尔各答。

下午四点半，蒙古号的旅客在孟买下船，加尔各答的火车在八点准时出发。

于是福格先生向他的牌友们告辞，离开邮船，仔细交代了他的仆人要买些什么东西，特别叮嘱他，八点以前要回到火车站，然后迈着他规律如天文时钟的精准步子，朝签证办公室走去。

他对孟买的美景根本没兴趣欣赏，不论是市政厅还是美轮美奂的图书馆，抑或是堡垒、码头、棉花市场、集市、清真寺、犹太教堂、亚美尼亚教堂、马拉巴山上装点着两座多边形塔楼的辉煌宝塔。他不观赏象山上的杰作，或是隐藏在港湾东南面的神秘地下墓穴，也不参观撒尔塞特岛的康埃里石窟，这些可都是佛教建筑中令人赞叹的遗迹啊！

不！他什么都不看。走出签证处，费雷亚斯·福格平静地来到火车站，在那里吃了晚饭。除了其他菜，饭店老板向他推荐了一道野味——野兔肉，说是相当可口。

费雷亚斯·福格接受了他的推荐，仔细地品尝了起来；但是，除了香料浓烈的酱汁，他觉得味同嚼蜡。

他把饭店老板叫了来。

"先生，"他盯着老板说，"这东西，这是兔子肉吗？"

买好衬衫和袜子之后，他在孟买的街上闲逛。正巧逢上帕尔西人和盖布尔人在庆祝一个节日，他们是琐罗亚斯德（意为拥有骆驼者）教派的直系后裔，是印度人中最灵巧、最文明、最聪明的种族，也是当下孟买当地的富商阶层。

"是的，老爷，"那家伙厚颜无耻地回答，"丛林里的兔子。"

"这兔子被杀的时候没有喵喵叫吗？"

"喵喵叫？！哦！老爷！这是只兔子！我向您发誓……"

"老板先生，"福格先生冷冷地说，"您不用发誓，请您记住：以前在印度，猫被视作神圣的动物。那是美好年代。"

"那是对猫来说吧，老爷？"

"可能对游客来说也一样！"

发表完这个评论之后，福格先生继续平静地吃晚饭。

福格先生下船后不久，警探菲克斯也从蒙古号上下来，一路跑去见孟买警察局长。他介绍了自己的警探身份，他接手的任务，还有他和偷窃嫌疑犯面对面的状况。警局收到伦敦来的逮捕令了吗？……什么也没有收到。事实上，这个逮捕令在福格先生动身后一天才出发，还不可能到达。

菲克斯非常尴尬。他想从局长那里获得对福格先生的逮捕令。局长拒绝了。这是首都警察局的案子，只有那里才能开出合法的逮捕令。这样严格遵守原则，严格执法，非常符合英国的习惯，完全说得通，就个人自由方面，不允许任何专横的强权。

菲克斯没有坚持，明白应该忍耐着等待他的逮捕令到来。于是他决定在孟买期间，死死盯住这个捉摸不透的恶人。他毫不怀疑费雷亚斯·福格会在孟买停留——这也是万事通的想法——这样，逮捕令就有时间到达。

在离开蒙古号时主人给他最后几句吩咐之后，万事通明白，在孟买，情况会像在苏伊士和巴黎一样，旅行不会在这里结束，至少要去到加尔各答，甚至可能更远。他开始纳闷，福格先生打的赌会不会绝对是认真的，他会不会真的被命运拖去，在八十天里环游地球，而他本来是想过安稳日子的！

买好衬衫和袜子之后，他在孟买的街上闲逛。街上人头攒动，有欧洲各国人、戴尖帽子的波斯人、裹圆头巾的本亚人、戴方帽子的辛德人、穿长袍的亚美尼亚人、裹黑头巾的帕尔西人。正巧逢上帕尔西人和盖布尔人在庆祝一个节日，他们是琐罗亚斯德[1]教派的直系后裔，是印度人中最灵巧、最文明、最聪明的种族，也是当下孟买当地的富商阶层。这一天，他们正在庆祝一种宗教狂欢节，有宗教游行和娱乐，舞女们身穿粉红色镶金丝线的纱丽，在古提琴和锵锵鼓的伴奏下翩翩起舞，无比妖娆，却又不失庄重。

万事通看着这些有趣的仪式，瞪大眼睛，竖起耳朵，那神情、那模样，大家能想象，活像个呆头鹅。

1　琐罗亚斯德（？—公元前583年）：又名查拉图斯特拉，意为拥有骆驼者。

万事通走进印度宝塔，没想到会闹出事情。三个僧人，眼睛里冒着怒火，扑到他身上，扯掉他的鞋袜，对他拳打脚踢，一面发出粗犷的叫喊声。

对他和他的主人来说不幸的是，他差一点耽误了这次旅行，他的好奇心把他拖得太远了，有些过分了。

这不，看过这次帕尔西人的狂欢节之后，万事通朝火车站走去，经过马拉巴山神庙时，他冒出一个倒霉念头，想去里面转一转。

他忽略了两件事：首先，有些印度宝塔是严格禁止基督徒入内的；其次，那些信徒进入宝塔时，要在门口脱掉鞋子。这里必须指出，出于政治安全的理由，英国政府尊重并规定大家要尊重哪怕最细微的宗教细节，有谁违反规定，都要严厉惩罚。

万事通走了进去，没想到会闹出事情，他就像个普通的旅行者，在马拉巴山神庙里面，欣赏婆罗门教令人炫目的金箔装饰，突然之间，他被打翻在圣地的石板上。三个僧人，眼睛里冒着怒火，扑到他身上，扯掉他的鞋袜，对他拳打脚踢，一面发出粗犷的叫喊声。

法国人强壮又灵活，矫健地爬起身来。猛挥一拳，狠踢一脚，摞倒了其中两个对手，他们被自己的长袍绊住，万事通全速跑了出去，不久就摆脱了第三个印度人，后者一路追赶，聚集起一群人。

八点差五分，就在火车启动前几分钟，万事通赶到了火车站。他帽子也没有了，光着脚，购买的那包东西也在打架时丢了。

菲克斯就在月台上。他跟着福格先生来到火车站，已经知道这家伙要离开孟买。他随即打定主意要跟着福格去往加尔各答，必要时，甚至走得更远。万事通没看到站在暗处的菲克斯，但是菲克斯听到他叙述自己的危险遭遇，他正三言两语地讲给他的主人听。

"我希望你不要再发生这样的事情了。"费雷亚斯·福格简单地回答，到车厢入了座。

可怜的小伙子光着脚，狼狈不堪，一言不发地跟着主人。菲克斯登上另外一节和他们分开的车厢，这时他产生一个念头，突然改变了出发的计划。

"不，我留下来，"他心想，"在印度土地上犯了法……我可以抓到他。"

正在这时，火车头发出一声响亮的汽笛声，火车消失在夜色中。

第十一章

费雷亚斯·福格高价买坐骑

火车准时出发。车上旅客人数众多，包括一些军官、官员、鸦片商和染料商，他们要去半岛东部做生意。

万事通和主人坐在同一个包厢里。还有另一个旅客待在对面的角落。

这是旅长弗朗西斯·克罗马蒂爵士，福格先生从苏伊士到孟买一路上的牌友之一，他要回驻扎在瓦拉纳西的部队。

弗朗西斯·克罗马蒂爵士身材高大，一头金发，差不多五十岁，在最近一次镇压印度兵的叛乱中表现卓越，可以说是真正的本地通。他年轻时就住在印度，很少回故乡。他很有教养，如果费雷亚斯·福格肯向他请教，他会很乐意告诉他印度的习俗、历史和社会结构等情况，但是这位绅士什么也没问。他不是在旅行，而是在环绕地球转个圈。这是个严肃的人，他遵循着理论力学的规则，沿着一个轨迹围绕地球转。此刻，他的脑子里重新计算着从伦敦出发后所花掉的时间，如果他的天性中会有一个无用的动作，那就是搓手。

弗朗西斯·克罗马蒂爵士虽然只是在打牌时和两局牌局之间观察过对方，但是仍然发现了他旅伴身上奇怪的特质。因此他不无理由地扪心自问：在这样一个冷漠的外表下，能有一颗跳动的人类的心脏吗？费雷亚斯·福格能有一颗人类的敏感灵魂，感受大自然的美，并产生精神上的渴望吗？对他来说，这是个问题。在旅长遇到过的所有怪人中，没有人像这个人一样，像是完全的科学产物。

费雷亚斯·福格没有对弗朗西斯·克罗马蒂爵士隐瞒他的环球计划，也没有隐瞒他在什么条件下决定的这个计划。旅长只认为这个打赌古怪又无聊，任何有理智的人除非是在利益驱动下，不然是不会做这样的事的。这位奇怪的绅士如果这么干下去，不论对他自己或是其他人，显然会"一无所获"。

离开孟买一小时后，火车越过高架桥，穿过撒尔塞特岛，在大陆上奔驰。在卡利安车站，它撇开右边通往坎达拉和普钠的岔道，朝着印度东南方驶去，到达潘韦尔站。由此，火车进入层峦叠嶂的西加兹山脉，山下是层层叠叠的玄武岩，山峰上遍布着茂密的树林。

弗朗西斯·克罗马蒂爵士时不时和费雷亚斯·福格交谈几句，这时，旅长又拾起时不时断掉的话头说："福格先生，几年前，您可能会在这个地方耽搁一点时间，可能会耽误您的行程。"

"这是为什么呢，弗朗西斯爵士？"

"因为铁路在山脚下中断了，必须坐轿子或者骑马，一直到坎达拉车站，在山坡另一边。"

"一点点延误不会耽误我的行程，我已经节约了一些时间，"福格先生回答，"我已经预料到可能遇上的某些阻碍。"

"但是，福格先生，"旅长又说，"这个小伙子总是爱冒险，您可能会摊上大麻烦的。"

万事通双脚裹在旅行毯子里，睡得正香，做梦也不会想到有人正在谈论他。

"英国政府极其严厉，有理由惩罚这样的不法行为，"弗朗西斯·克罗马蒂爵士说，"他们把尊重印度宗教习俗看得高于一切，如果您的仆人被抓住……"

"好吧，如果他被抓住了，弗朗西斯爵士，"福格先生回答，"他会被判刑，受到惩罚，然后安好地回到欧洲。我看不出这样的事情会耽误他的主人。"

谈话到此又中止了。夜里，火车越过加兹，经过纳西克，第二天，10月21日，火车进入相对平坦的坎德什地区。田野里庄稼茂盛，村落星罗棋布，清真寺的尖塔替代了欧洲教堂的钟楼。多条细小的河流分布其间，大部分是哥达瓦里河[1]的支流，或是支流的支流，灌溉着这片丰饶的土壤。

万事通睡醒了，往外观看，无法相信自己正坐在"大印度半岛火车"上穿越这个国家。这在他看来是难以置信的。然而，这又是再真实不过的！火车头，由一位英国司机驾驶，烧着英国的煤炭，向着棉花、咖啡、豆蔻、丁香、红胡椒种植园喷着烟雾。烟雾缭绕在成群的棕榈树中，其间显露出秀美如画、带游廊的平房，几座被废弃的寺院，还有印度式建筑无穷尽的装饰，点缀着美轮美奂的庙宇。接着，宽阔的原野一望无际，丛林中有蛇和老虎，火车经过发出的呼啸声惊动了它们。最后是被道路分开的森林，还有象群出没，它们用若有所思的眼神，望着列车狂奔而过。

这天上午，过了马利戈姆站，旅客们来到了一个不祥的地区，迦利女神[2]的信徒们常常血洗这里。不远处耸立着埃洛拉石窟和美妙的宝塔，还有著名的奥朗加巴德[3]，这里曾是凶恶的奥朗则

1　哥达瓦里河：印度南部的一条河流，在印度教中被认为是一条圣河。

2　迦利女神：印度教的毁灭女神，也称为时母，被认为与时间和变化有关，象征着强大和新生。

3　奥朗加巴德：位于马哈拉施特拉邦，得名于莫卧尔帝国的奥朗则布，他将帝国的都城设于此处。

布[1]的都城，如今只是尼赞王国分离出的一个省份的普通首府。

图基教[2]的首领、勒人帮之王弗兰格亚统治的，就是这个地区。这些杀人犯结成无法摧毁的帮派，以祭祀死亡女神的名义，不分老幼地杀人，这里曾经找不到一片地方没有尸体。英国政府曾经采取大规模的行动禁止这种谋杀，但是这个恐怖的帮会始终存在，并且继续活动。

中午十二点半，火车停在布尔汉普尔站，万事通花了大价钱买了一双穆斯林拖鞋，上面装饰着假珍珠，他穿着鞋子扬扬得意。

旅客们快速地吃了午饭，沿着塔普蒂河畔漫步片刻，这条小河在靠近苏拉特[3]的地方汇入坎贝湾[4]，随后他们又朝着阿苏古尔站出发。

是时候说一说万事通这时候脑子里在想些什么了。直到他们抵达孟买，他一度相信，并且只愿意相信一切都会在那里停止。自从火车全速穿越印度以来，他的想法完全改变了。他的本性迅

1　奥朗则布（1618—1707）：莫卧尔帝国的第六任皇帝，其父为建造著名泰姬玛哈陵的沙贾汗。
2　图基教：印度近代以前的一个地下暗杀教派，常以宗教的理由劫杀路人并抢走财物，他们杀人的方式是用手巾勒脖子，不用见血的方式。该教派最终在英殖民政府的打击下消亡。英语中thug一词源于此。
3　苏拉特：印度西部重要港口城市。
4　坎贝湾：位于印度西北部，孟买以北二百五十公里处，介于德干半岛与卡提阿瓦半岛之间，海湾宽度在二十五至两百公里间，长约二百一十公里。

速地复苏了。他又想起他年轻时的奇思妙想，他开始相信主人的计划是认真的，相信打赌的真实性，因此，他相信他们真的要环游地球，并且不能超过限定时间。他甚至开始担心路上可能的延误，还有可能发生的意外。他感觉自己和这场赌博息息相关，一想到前一天自己不可饶恕的凑热闹，可能毁了这场赌博，就不禁打起冷战。他远不如福格先生冷静，因此也就更加忧心忡忡。他仔细盘算过去了的日子，诅咒着火车的停靠，责备着火车的慢慢吞吞，心里怪福格先生没有给司机允诺一个奖赏。这个正派小伙儿不知道在邮轮上能做的事情，在铁路上是做不了的，因为火车的速度是规定好的。

将近傍晚，火车穿行在苏普尔山区，这片山区将坎德什地区和本德尔肯地区分割开来。

第二天，10月22日，弗朗西斯·克罗马蒂爵士问万事通几点了，他回答，凌晨三点。事实上，这只了不起的手表一直是格林尼治时间，保持在西经七十七度附近，比当地时间慢了四小时。

弗朗西斯爵士纠正了万事通所说的时间，他向万事通提出了菲克斯已经提出过的观点。他想让万事通理解，他应该根据经度的改变而调整时间，因为他朝着东边行走，就是朝着太阳的方向走，所以每走过一个经度，时间就会提前四分钟，但这也是白费力气。这个固执的小伙子不管是不是明白旅长的看法，始终坚持不把手表往前调，保持着伦敦时间。反正这也无伤大雅，不会损害任何人。

早上八点，在离罗塔尔车站十五英里的地方，火车停在一大片林间空地上，周围有几所平房和工棚。列车长经过车厢时说："请旅客们在这里下车。"

费雷亚斯·福格看着弗朗西斯·克罗马蒂爵士，爵士看来完全不明白为什么会停在这片罗望子树和林刺葵的树林中。

万事通同样惊诧，跳到路上，几乎又马上跳回来，喊道："先生，没有铁路了！"

"这是什么意思？"弗朗西斯·克罗马蒂爵士问。

"我是说，火车不能前行了。"

旅长立刻下了火车。费雷亚斯·福格不慌不忙地跟随他。两人找到列车长说话。

"我们在哪儿？"弗朗西斯·克罗马蒂爵士问。

"在科尔比村。"司机回答。

"我们就停在这儿？"

"毫无疑问。铁路还没有修完……"

"什么！没有修完？"

"没有！还有一段从这里到阿拉巴哈德、五十多英里的铁路没有修好，到那里才再有铁路。"

"可是报纸上宣布已经全线修通了！"

"能怎么办呢，我的长官，报纸搞错了。"

"可是你们卖的票是从孟买到加尔各答的！"弗朗西斯·克罗马蒂爵士又说，他有些激动了。

"不错，"司机回答，"但是这些旅客很清楚，他们要让人从科尔比送到阿拉哈巴德。"

弗朗西斯·克罗马蒂爵士恼火了。万事通真想揍列车长一顿，司机也无能为力。万事通不敢看他的主人。

"弗朗西斯爵士，"福格先生简单地说，"如果您愿意，我们想办法到达阿拉哈巴德。"

"福格先生，这样的延误，一定会耽搁您的行程吧？"

"不会，弗朗西斯先生，这是在意料中的。"

"什么！您知道，这条路……"

"什么都不知道，但是我早知道，路上迟早会有障碍出现。但是，没有什么可以阻碍我。我提前了两天，这两天可以丢掉不算。25日中午有一班汽轮从加尔各答开往中国香港。今天才22日，我们可以及时赶到加尔各答。"

对这样一个信心满满的回答，大伙儿也没有什么可说的。

铁路工程确实在这里中止了。那些报纸就像习惯走快的表，提前宣布了铁路的全线通车。大部分旅客知道这段旅程将要中断，他们便下了火车，夺取了这个镇拥有的各种交通工具：四个轮子的大车、瘤牛[1]拉的大车、活像流动宝塔的旅游汽车、轿子、小种马等。因此，福格先生和弗朗西斯爵士在整个小镇找寻了一圈后，一无所获地回来了。

"我走路去。"费雷亚斯·福格说。

万事通这时候回到主人身边，看着自己那双漂亮但是不经穿的拖鞋，他做了个意味深长的鬼脸。幸运的是，他突发奇想，稍稍迟疑了一下便说："先生，我想我找到了一种交通工具。"

"什么工具？"

"一头大象！一头属于一个印度人的大象，他住在离这儿一百步的地方。"

"那我们就去看看这头大象。"福格先生回答。

五分钟后，费雷亚斯·福格、弗朗西斯·克罗马蒂爵士和万事通就来到一间茅屋前，茅屋连着一个由栅栏围起来的院子。茅屋里有一个印度人，院子里有一头大象。在他们的要求下，印度人将福格先生和他的两个同伴带到院子里。

在那儿，他们看到一头被驯服的大象，它的主人饲养它，不是作为役畜，而是作为斗兽的。为此，他已经开始改变动物温顺

---

1 一种有肉峰的牛。

的天性，通过喂食它半个月的糖和黄油，逐步把它引导到印度语称之为"慕斯特"的一种发狂的极点。这种方法看起来可能没起到这个作用，但是，也有不少驯养人通过这种方式成功了。对福格先生来说幸运的是，这头大象刚刚接受这种饲养，这种"慕斯特"还没有完全显露出来。

奇乌尼——这头大象的名字——能够像它的同类一样，长时间快速行走，由于实在没有坐骑，费雷亚斯·福格决定使用它。

但是，大象在印度变得很珍贵，因为它的数量开始稀少。只有公象适合马戏团里表演的搏斗，极难寻找。而且这些动物一旦被家养之后，极少繁殖，因此只能捕获。所以它们得到无微不至的照料，当福格先生问印度人，是否愿意把大象租给他时，印度人一口回绝了。

福格再三坚持，并且开出了高价，十英镑每小时（二百五十法郎）。拒绝。二十英镑？还是拒绝。四十英镑？依然拒绝。每次提价，万事通都气得跳脚，但是印度人不为所动。

福格先生提出租用大象十五小时，在阿拉哈巴德归还，给它的主人六百英镑（一万五千法郎）。

费雷亚斯·福格非常冷静，又向印度人提出把大象卖给他，先给他一千欧（两万五千法郎）。

印度人不答应！可能这家伙嗅出这是一笔好买卖。

弗朗西斯·克罗马蒂爵士把福格拉到一边，要他考虑一下再做进一步提议。费雷亚斯·福格回答他的同伴，他没有不考虑就行动的习惯，毕竟这涉及两万英镑的赌约，这头大象对他来说是必需的，哪怕付出真实价值的二十倍，他也要得到这头大象。

福格先生回来找到印度人，印度人的一双小眼睛闪烁出贪婪的目光，对他来说，这不过是价钱的问题。费雷亚斯·福格接连出价一千二百英镑、一千五百英镑、一千八百英镑，最后是两千英镑（五万法郎）。万事通那张平时红彤彤的脸，已经激动得惨白。

面对两千英镑，印度人屈服了。

"都怪我这双拖鞋，"万事通叫道，"大象才卖得那么贵！"

买卖做成了，现在的问题，只剩下找一个向导。这事容易一些。一个年轻的帕尔西人，长相机灵，自告奋勇来当这个向导。福格先生接受了，并答应给他一大笔报酬，让他的聪明值上双倍的价钱。

大象被牵来了，并毫不耽搁地被装备起来。帕尔西人非常熟悉驯象师或者驭象人的行当。他把一种鞍褥盖在大象的背上，再在两侧放上不太舒适的双骑驭鞍。

费雷亚斯·福格从旅行袋里取出钞票，付给印度人。万事通感觉这钱是从他的五脏六腑里掏出来的。然后，福格先生向弗朗西斯·克罗马蒂爵士提议，把他送到阿拉哈巴德火车站。旅长接受了。多一个乘客累不到这头硕大的动物。

他们在科尔比买了食物。弗朗西斯·克罗马蒂爵士坐在大象一侧的一把椅子上，费雷亚斯·福格坐上另一把椅子。万事通跨坐在他的主人和旅长之间的鞍褥上。帕尔西人骑在大象的脖子上。九点钟，大象离开了小径，走入了茂密的蒲葵林中最短的捷径。

第十二章

费雷亚斯·福格和他的旅伴们穿越印度森林

为了缩短路程，向导避开右边正在施工的道路。那条道路，受到温迪亚山支脉起伏不定的阻碍，并不是费雷亚斯·福格想走的那条最短的路。帕尔西人十分熟悉当地的大路和小巷，认为穿过森林可以少走二十英里，大家相信了他。

费雷亚斯·福格和弗朗西斯·克罗马蒂爵士坐在椅子里，只露出脑袋，由于向导驱使着大象快速行进，他们被大象的疾走颠簸得厉害。但是，他们以最为英国式的冷静忍受着这种境况，很少交谈，几乎看不到彼此。

至于万事通，他坐在大象背上，直接承受着颠簸，他按照主人的叮嘱，克制着，咬紧牙关，不然他的舌头可能早就被咬断了。这个好小伙儿一会儿被甩向大象的脖子，一会儿被甩向大象的臀部，摇来晃去，像是跳板上的小丑。但是他开着玩笑，在鲤鱼翻身的间隙哈哈大笑，他还不时从旅行袋里掏出一块糖，聪明的奇乌尼用鼻子接过糖，一刻不停地继续它规律的步伐。

经过两小时的行走，向导让大象停下来，给它休息一小时。这动物先是在附近的池塘里喝了水，然后吞吃了树枝和灌木。弗朗西斯·克罗马蒂爵士对休息并无怨言。他已经累得散架了。福格先生却像刚起床一样精力充沛。

"真是条铁打的汉子！"旅长看着他赞羡地说。

"还是千锤百炼的钢铁。"万事通回答说，一边忙着准备简单的午餐。

正午，向导示意出发。景色很快变得相当原始。在大片的森林之后，是一些低矮的罗望子树和棕榈树，接着是广阔而干涸的平原，布满了瘦弱的灌木和大块的正长岩。整片本德尔肯地区少有游客光顾，居民是些狂热的宗教徒，在印度教最可怕的修炼中变得冷酷无情。在这样一块被印度贵族势力充分渗透的土地上，英国人的统治无法正常建立，无法深入温迪亚山区的老巢。

好几次，他们看到一群群凶狠的印度人，他们看到大象疾走而过时，做出愤怒的手势。另一方面，帕尔西人也尽量躲避他们，把他们当作遇上就要晦气的人。这一天，他们很少看到动物，只有几只猴子，它们扮着鬼脸逃窜开去，把万事通给逗乐了。

一个突如其来的想法，使这个小伙子惴惴不安。到了阿拉哈巴德火车站，福格先生会怎么处置这头大象？把它带走吗？不可能！购买的钱再加上运输的钱，会让人破产。卖掉它，放走它？这头可敬的动物值得人好好善待。万一福格先生把它送给自己的话，万事通会觉得非常尴尬。这让他思索个不停。

　　晚上八点，一行人已经翻越了温迪亚山的主要山脉，于是他们停在北山坡脚下，在一间平房里休憩。

　　这一天，他们大约走了二十五英里路，还要再走同样的路程，才能抵达阿拉哈巴德车站。

　　夜里很冷。平房里，帕尔西人用枯枝点了一堆火，产生的热量令人惬意。晚饭吃的是在科尔比买的东西。他们疲惫地吃着，谈话断断续续，不久就鼾声四起。向导守在奇乌尼边上，大象靠在一棵大树上，站着睡着了。

　　一晚上平安无事。偶尔有几声猎豹的吼声，掺杂了猴子的尖叫，打破了宁静。但是，那些食肉动物仅仅是吼叫，没有对平房里的客人们表现出敌意。弗朗西斯·克罗马蒂爵士沉沉地入睡了，像是一个精疲力竭的军人。万事通辗转反侧，在梦里重复着白天的路途颠簸。至于福格先生，他睡得很安稳，就像睡在萨维尔街上他安静的房子里。

　　早上六点，大家重新出发。向导希望在当天傍晚到达阿拉哈巴德火车站。这样，福格先生只损失了部分之前节省的四十八小时。

他们爬下温迪亚山最后一段山坡。奇乌尼重新迈起了迅速的步伐。将近正午，向导绕过卡兰杰尔镇，这个小镇位于恒河支流的卡尼河畔。他总是回避有人居住的地方，感觉在荒无人烟的野地里会更安全，这里是大河最初下陷的洼地。阿拉哈巴德火车站在东北方向不到十二英里处。大家在一丛香蕉树下休息，香蕉像面包一样有益健康，用他们的话说"像奶油一样香甜"，得到大家一致好评。

下午两点，向导带领着大家进入一片茂密的森林，需要穿过好几英里的距离。他喜欢在树林庇护下赶路。不论如何，迄今为止，他没有遇到任何凶险，这次旅行眼看要安然无恙地结束了，这时，大象发出了一些不安的信号，突然停了下来。

这时候是下午四点。

"怎么了？"弗朗西斯·克罗马蒂爵士问，把脑袋探出椅子。

"我也不知道，我的长官。"帕尔西人回答，侧耳倾听浓密的枝叶下掠过的隐隐的呢喃声。

过了一会儿，这种呢喃声更加听不清楚，像是一场音乐会，非常遥远，有人的声音，还有铜管乐器声。

万事通瞪大眼睛，竖起耳朵。福格先生耐心地等待着，一言不发。

帕尔西人跳下地来，把大象系在一棵树上，自己便遁入最茂密的矮树林中。几分钟后他返回，说："一队婆罗门[1]从那边走过来。我们尽量不要让他们看见。"

向导解开大象，把它引到一片矮树丛里，叮嘱大家不要下地。他自己准备好，万一需要逃跑的话，迅速跨上坐骑。但是他想，这队僧人经过的时候，不会看到他，因为树叶浓密，把他完全遮挡了起来。

人声和乐器的嘈杂声音接近了。单调的歌声混杂了鼓声和铙钹声。很快，打头的队伍出现在树林下，离福格先生和他的旅伴五十来步。他们很容易透过树枝，看清举行这个宗教仪式的奇怪人员。

第一排走着一些僧人，他们裹着头巾，身穿镶花边长袍。一些男人、女人和孩子簇拥着他们，唱着某种挽歌，歌声被均匀间隔的铛铛鼓声和铙钹声打断。他们后面，有一辆宽大轮子的彩车，轮辐和轮缘上画着盘踞的蛇，车上有一尊面目狰狞的雕塑，车子由两对披着华丽装饰的瘤牛牵引。这尊雕像有四条手臂，身

1　婆罗门：印度的祭祀贵族，社会地位最高的一等种姓。

体是暗红色，目光让人惶恐不安，头发凌乱，舌头垂下，嘴唇染上了散沫花和蒌叶的色素。脖子上围着一串骷髅头，腰间是断手组成的腰带。它站在一个卧着的无头巨人上。

弗朗西斯·克罗马蒂爵士认出了这尊雕像。

"卡丽女神，"他喃喃自语着，"爱情与死亡女神。"

"死亡女神，我同意，但是爱情女神，绝不可能！"万事通说，"这女人长得那么丑！"

帕尔西人做了个手势，示意他闭嘴。

雕塑周围，一群年老的苦行僧手舞足蹈、东奔西跑，活像是抽风，他们身上涂着一条条褐色条纹，布满十字形的切口，鲜血一滴一滴直往下淌。这些愚蠢的着魔者在印度教的重大仪式中，冲到雅哥诺特[1]的车轮底下。

他们身后，有几个婆罗门穿着华丽的东方服饰，拖着一个摇摇欲坠的女人。

这个女人很年轻，像欧洲女人一样肌肤洁白。她的脑袋、脖子、肩膀、耳朵、手臂、手、脚趾，都戴满了珠宝、项链、手镯、耳环和戒指。一件缀满金箔的紧身衣，罩着一层薄纱，勾勒出她的身姿。

1　雅哥诺特（Juggernaut）：印度神，拥有无可阻挡的力量，摧毁一切挡在它前进路上的障碍物。在英语中，这个单词表示"世界主宰""强大的破坏力"。

在这女人身后——形成强烈对比的——那些卫士，腰上佩带着出鞘的大刀，手持镶嵌金银丝图案的长手枪，抬着一台轿子，轿子上躺着一具尸体。

这是一具老人的尸体，穿着拉贾的华丽服饰，像他生前那样，裹着镶满珍珠的头巾，身穿金丝长袍，束着镶钻石的羊绒腰带，佩带印度大公的漂亮武器。

随后是乐师和狂热信徒组成的卫士，他们的呼喊声有时都盖过了乐器震耳欲聋的喧嚣声，这是丧葬队的尾巴。

弗朗西斯·克罗马蒂爵士望着这盛大的仪式，脸上有一种奇特的哀痛神情，他朝向导转过身去。

"是殉夫自焚！"他说。

帕尔西人点头赞同，将一根手指放在嘴上。长长的队伍缓缓从树丛下走过，一会儿工夫，最后几行人消失在森林深处。

歌声渐渐消逝。远远地还传来几声叫喊，终于，喧嚣过后的沉寂来临。

费雷亚斯·福格刚才听到弗朗西斯·克罗马蒂吐出的这个词，等这个队伍一消失，他就问道："殉夫自焚是怎么回事？"

"福格先生，"旅长回答，"殉夫自焚是一种活人献祭，不过是自愿献身。您刚才看到的这个女人，明天凌晨就会被活活烧死。"

"啊！这些浑蛋！"万事通义愤填膺地惊叫起来。

"那具尸体呢？"福格问。

"这是一位大公，她的丈夫，"向导回答，"本德尔肯地区一位独立贵族。"

"怎么，"费雷亚斯·福格又说，他的声音没有透露一丝情绪，"这种野蛮习俗还继续存在于印度，英国人不能把它给取消了吗？"

"在印度的绝大部分地区，"弗朗西斯·克罗马蒂爵士回答，"这种祭祀已经不存在了，但是我们对野蛮地区，尤其是本德尔肯地区，却没有丝毫影响。温迪亚后山的北面，依然是个杀戮和劫掠不断发生的场地。"

"不幸的女人啊！"万事通喃喃自语，"要活活烧死啊！"

"是的，"旅长又说，"要烧死，如果她不被烧死，你们想象不到她会被亲人逼到怎样悲惨的境地。她的头发会被剃光，只供给她几把米饭，把她赶出家门，她会被当作一个不洁的牲畜，最后像条长满疥疮的狗一样，死在哪个不知名的角落。所以，这些可怜的女人想到这种生不如死的状态，往往宁愿接受这种酷刑，远非出于爱情或者宗教狂热。不过，有时候，献身确实是自愿的，必须要政府的有力干涉，才能制止，就是这样。几年前，我住在孟买，有个年轻寡妇向政府申请，准许她和她丈夫的尸体一起焚烧。正如你们所想的那样，政府拒绝了。于是那寡妇就离开了孟买，逃到了一个独立大公的领地，在那里实现了献身。"

旅长这样叙述时，向导在摇头，旅长一讲完，他说："明天拂晓举行的殉葬可不是自愿的。"

"您怎么知道？"

"这件事在本德尔肯地区家喻户晓。"向导回答。

"可是，这个不幸的女人看起来不做任何反抗。"弗朗西斯·克罗马蒂爵士说。

"这是因为他们用大麻和鸦片把她熏得迷迷糊糊的。"

"他们要把她带到哪儿去？"

"带到皮拉吉神庙，离这里两公里地。她会在那儿过夜，等待着殉葬时刻的到来。"

"殉葬什么时候举行？"

"明天，天刚亮的时候。"

说完，向导把大象从茂密的树林中牵出来，爬上了它的脖子。但是，他要吹口哨，催它出发时，福格先生阻止了他，对弗朗西斯·克罗马蒂爵士说："我们救下这个女人吧？"

"福格先生！救下这个女人……"弗朗西斯·克罗马蒂爵士惊呼。

"我还提前了十二个小时。我可以用在这里。"

"瞧呀！您真是个心地善良的人哪！"弗朗西斯·克罗马蒂爵士说。

　　"偶尔吧，"费雷亚斯·福格轻描淡写地回答，"如果我有时间的话。"

第十三章

万事通再次证明幸运女神青睐勇者

这个计划很大胆，困难丛生，甚至可能无法实现。福格先生简直是拿他的生命去冒险，或者至少是拿他的自由去冒险，也就是拿他这次计划的成败去冒险，不过他并没有犹豫。再说，他相信弗朗西斯·克罗马蒂爵士能助他一臂之力。

至于万事通，他已经准备好，可以吩咐他做事。他主人的想法令他激动。他感觉在主人冷冰的外表下，有一颗善良的心和一个高尚的灵魂。他开始崇拜费雷亚斯·福格先生了。

剩下的是向导。他对这件事会采取什么态度呢？他不会向着那些印度人吧？即便他不愿意帮助，至少得确认他的中立吧。

弗朗西斯·克罗马蒂爵士坦率地问他。

"我的长官，"向导回答，"我是帕尔西人，这个女人也是帕尔西人。你们尽管吩咐我吧。"

"很好，向导。"福格先生说。

"不过，你们要知道，"帕尔西人又说，"我们不仅要冒着生命危险，而且一旦被抓住，会受到可怕的酷刑。所以，小心点儿。"

"我们考虑过了，"福格先生回答，"我想，咱们要等到夜里行动吧？"

"我也这么想。"向导回答。

于是，这个正直的印度人讲了一些这个殉葬女人的细节。她是个出了名的印度美女，帕尔西人，孟买一个富商的女儿。她在孟买受过纯粹的英式教育，从她的举止和教养来看，可以说是一个欧洲女人。她叫阿乌达。

她成了孤儿之后，身不由己地嫁给了这个本德尔肯的年老的大公。三个月后，她就成了寡妇。明白了等待她的命运之后，她便逃跑了，但是很快就被抓回去了，大公的父母一心要她殉葬，看起来她根本无法逃脱这场酷刑。

这段叙述使福格先生和他的旅伴更加坚定了他们这次善行的决心。大家决定由向导把大象牵到皮拉吉神庙，尽可能靠近这个庙。

半小时后，他们在一个矮树丛下休息，离神庙五百步远，不

年迈的拉贾并没有死，大家看到他突然直起身子来，像个幽灵一般，抱起那个年轻女子，从柴堆上走下来，一团团烟雾缭绕中，他看起来活像个鬼怪。

会被人看到；但是，狂热信徒的喊叫声清晰地传来。

大家于是商量了找到女人的方法。向导熟悉这个皮拉吉神庙，他断定那个年轻女人被关在里面。这伙人喝醉熟睡的时候，有没有可能从一扇门潜入进去呢，还是有必要在墙上开一个洞？这得到时候按照具体情形才能决定。不过，毫无疑问的是，行动必须在今晚，而不是天亮之后这个女人被带往刑场的时候。到那时，任何人都救不了她了。

福格先生和他的同伴们等待着黑夜的降临。天色刚刚暗下来，差不多晚上六点钟，他们便决定侦察一下神庙周围的情况。这时，那些僧人的叫喊声平息了下来。按照他们的习俗，这些印度人应该是喝了"棒格酒"——混杂了大麻的液体鸦片——而陷入了沉醉，或许有可能混在他们中间，溜进神庙。

帕尔西人带领着福格先生、弗朗西斯·克罗马蒂爵士和万事通，悄无声息地穿梭于林中。在树枝树叶下爬了十分钟后，他们到达一条小河边，在那里，借着铁杆火把尖端燃烧着的树脂的光亮，他们看到一堆木柴，这就是火刑堆，是由珍贵檀香木堆砌起来的，已经浸过香油。上面放着用防腐香料保存起来的拉贾的尸体，要和那个寡妇一同焚烧。离这个柴堆百步远的地方，矗立着神庙，它的尖顶刺入树梢的阴暗中。

"跟我来！"向导低声说。

他倍加小心，后面跟着他的队友，无声无息地穿过高高的草丛向前。

不久，向导停在一片林中空地的尽头。几把火炬照亮了这片空地，地上躺满了喝得烂醉的人，睡得很熟，像是横尸遍地的战场。男人、女人、小孩都混在一起。几个醉汉还四处嚷嚷着。

空地后面，皮拉吉神庙朦胧地伫立在树林中。但是，让向导失望的是，火把照亮了几个拉贾的守卫，他们正守在门口，手持利刃来回巡逻。可以想到，里面也有僧人看守。

帕尔西人不再往前走了。他已经认清了，不可能闯入神庙，于是他带着同伴们往后撤退。

费雷亚斯·福格和弗朗西斯·克罗马蒂爵士像他一样明白，想从这里进去是不可能的。

他们停下来，低声商议。

"咱们再等等，"旅长说，"现在只有八点，可能这些看守也会抵不住睡意。"

"确实有可能。"帕尔西人回答。

于是，费雷亚斯·福格和他的旅伴们躺在一棵树下等待时机。

等待的时间对他们来说无比漫长。向导时不时离开他们，去观察树林的边缘。拉贾的看守始终借着火炬的光亮坚守着，一道朦胧的光线从神庙的窗户透出。

就这样一直等到了午夜，情况没有变化。显然，不能指望守卫们打瞌睡了。他们可能没有被"棒格酒"灌醉。因此必须另想法子，在神庙的墙上打开一个缺口进去。问题是要知道，是不是有僧人和门卫一样，兢兢业业地守在受害女人身边。

经过最后的商量，向导决定可以出发了。福格先生、弗朗西斯·克罗马蒂爵士和万事通紧随其后。他们绕了个大圈子，终于到达神庙的后殿外。

将近十二点半，他们来到墙脚下，没有遇到任何人。这一边没有任何人守卫，但这里也没有窗户。

夜色沉沉。这时月亮是下弦月，几乎要沉入地平线，被大块的云遮住。高耸的树木愈发显得幽暗。

但是，光到达墙脚下是不够的，还必须开一个口。要完成这个操作，费雷亚斯·福格和他的同伴们只有口袋里的小刀可用。幸亏神庙的墙壁是用砖和木头做成的，要凿穿应该并不难。只要把第一块砖挪走，其他砖就很容易撬开。

大家开始干活，尽量不发出声音。帕尔西人在一边，万事通在另一边，拼命拆砖头，把开口扩大到两尺宽。

工作正进行着，神庙内传来一声喊叫，几乎同时，庙外也响起几声喊叫。

万事通和向导停下手中的活。有人发现了他们吗？发出警报了吗？为了谨慎起见，他们不得不离开——费雷亚斯·福格和弗朗西斯·克罗马蒂爵士也一样。他们重新蹲在树林中，等着警报（如果真的是警报的话）解除，然后再重新开始干活。

但是，很意外，发生了不妙的情况，几个守卫出现在神庙后殿外，在那里驻扎下来，以防任何人的接近。

很难描绘这四个被迫中止挖洞的人有多失望。现在他们根本无法靠近受害者，又要怎么把她救出来呢？弗朗西斯·克罗马蒂爵士忧心如焚。万事通暴跳如雷，向导好不容易控制住他。冷静的福格只是无动于衷地等待着。

"我们只有离开了吧？"旅长压低了声音问。

"我们只能走了。"向导回答。

"等一下，"福格说，"我只要明天中午以前到达阿拉哈巴德就行了。"

"可是您还指望什么呢？"弗朗西斯·克罗马蒂爵士回答，"再过几小时天就要亮了……"

"我们失去的机会，在关键时刻可能会再出现。"

旅长真想看透费雷亚斯·福格的眼睛。

所以这个冷漠的英国人到底在指望什么呢？难道他想在举行殉葬时冲向这个女人，在众目睽睽下把她从刽子手那里争夺过来吗？

大象发出几下满意的咕噜声。然后，它用鼻子搂住万事通，把他一直举到头顶。万事通一点儿也不害怕，轻轻抚摸着大象，大象温柔地把他放回地面，这个好小伙用手有力地握住正直的奇乌尼的鼻子。

真是疯了，这个人怎么会发昏到这个程度呢？可是，弗朗西斯·克罗马蒂爵士还是同意等到这个可怕的场面结束。不过，向导没让他的同伴待在他们隐藏的地方，他把他们带到林中空地的前端。那里有树丛遮挡，他们可以观察那些睡着的人。

万事通却爬上一棵最高的树，反复揣摩着一个想法，这个想法先是像闪电一样划过他的脑袋，最后深嵌在他的脑海里。

他先是想："真是太疯狂了！"而现在他又想："说到底，为什么不呢？这是一次机会，或许只有这一次，而这又是一群蠢蛋！……"

无论如何，万事通想不出别的方法，他毫不迟疑地像蛇一样滑到底下的树枝上，树枝的顶端弯向地面。

几小时过去了，几缕微弱的光线预示着天快亮了，但是黑暗依然很深重。

时候到了。这群昏睡的人像是复活了一样。一群群地活动起来。铙铙鼓也敲响起来。歌声和喊声再次爆发出来。不幸的女人眼看就要赴死了。

神庙的门果然打开了。一道更强的光从里面射出。福格先生和弗朗西斯·克罗马蒂爵士可以看到那个殉葬女人，通身被照得发亮，两个僧人把她拖到外面。他们甚至觉得，那个不幸的女人出于保存自己的最高本能，要挣脱醉酒的麻木状态，企图摆脱刽子手。弗朗西斯·克罗马蒂爵士心跳加速，痉挛着抓住了费雷亚斯·福格的手，他感觉自己正握着一把出鞘的刀。

这时，那群人骚动起来。年轻女人又陷入了大麻烟雾导致的麻木状态。她从身边那些喊着宗教术语的僧人中间穿越过去。

费雷亚斯·福格和他的旅伴们混杂在最后几个人中间，跟随着她。

两分钟后，他们来到河边，停在距离柴堆不到五十步的地方，拉贾的尸体就躺在上面。在幽暗昏惑处，他们看到殉葬女人纹丝不动，躺在她丈夫尸体边上。

然后，一支火把靠近过来，浸过油的木柴立即燃烧起来。

这时，福格出于发善心的狂热，要冲向木堆，弗朗西斯·克罗马蒂爵士和向导都拉住他。

但是，费雷亚斯·福格已经把他们推开，就在这时，场面一下子发生了变化。突然有人发出一声恐怖的叫喊。所有人惊恐万分地匍匐在地。所以事实上，年迈的拉贾并没有死，大家看到他突然直起身子来，像个幽灵一般，抱起那个年轻女子，从柴堆上走下来，一团团烟雾缭绕中，他看起来活像个鬼怪。

苦行僧们、守卫们、祭司们感到突如其来的恐惧，脸朝着地面，不敢抬起头目睹这样一个奇迹！

一动不动的殉葬女人躺在抱着她的强健臂膀中，看起来轻如鸿毛。福格先生和弗朗西斯·克罗马蒂爵士站着一动不动。帕尔西人低下头来，而万事通无疑也一样惊呆了吧！……

这个复活的人就这样走近福格先生和弗朗西斯·克罗马蒂爵士，然后以一个短促的声音说："咱们快逃！"

那是万事通本人，是他在浓烈的烟雾中先溜到柴堆边！是万事通利用天色仍然很黑，把年轻女人从死神那儿夺了过来！是万事通扮演了勇敢而幸运的角色，从这可怕场面中走了出来！

一眨眼工夫，这四个人消失在森林中，大象快步带走了他们。喊叫声、喧嚣声，甚至还有一颗子弹穿过费雷亚斯·福格的帽子，这些细节都告诉他们，鬼把戏被揭穿了。

确实，熊熊燃烧的柴堆上，这时凸显出老拉贾的尸体。祭司们从惊恐中回过神来，明白女人刚刚被劫走了。

他们立刻冲进了森林。看守们紧随其后。他们开枪射击，劫持者迅速地逃走了，不久，他们逃出了子弹和弓箭的射程。

第十四章

费雷亚斯·福格走下恒河美丽的山谷却无心欣赏

　　大胆的救人计划取得了成功。一小时后，万事通还在为他的胜利而兴高采烈。弗朗西斯·克罗马蒂爵士握紧这个勇敢小伙子的手。他的主人对他说："很好。"在这个绅士嘴里，这已经是高度的赞赏了。对此，万事通回答，一切荣誉属于他的主人。至于他，只不过是想出了一个"鬼点子"。好一阵子，他想想就觉得好笑，他，万事通，以前的体操教练和消防队中士，竟然成了一个迷人女子已经去世的丈夫，一个用防腐香料保存尸体的拉贾！

　　至于那年轻的印度女人，她没有意识到发生了什么。

　　她被裹在旅行毯子里，在大象的驮鞍里休息着。

　　大象在帕尔西人极其安全的引导下，飞快地跑过依然昏暗的森林。离开皮拉吉神庙一小时后，大象穿过一片广袤的平原。七点钟，大家停下歇息。年轻女人始终处于虚脱状态。向导给她喝了几口水和白兰地，可是，制约着她的麻醉效果应该还要持续一段时间。

弗朗西斯·克罗马蒂爵士了解吸入大麻烟雾产生的迷醉效果，对她毫不担心。

但是，即使旅长心中很确信这个年轻女人会恢复过来，他也不能对未来感到放心。他毫不犹豫地对费雷亚斯·福格说，如果阿乌达夫人留在印度的话，她会不可避免地重新落到那些刽子手的魔爪里。这些狂热的家伙遍布整个印度，非常肯定的是，他们会无视英国警方，把他们的祭品抓回来，不论是在马德拉斯、孟买，还是加尔各答。弗朗西斯·克罗马蒂爵士举出最近发生的一起同类事件来支持自己的说法。在他看来，这个年轻女人只有离开印度，才能真正安全。

费雷亚斯·福格表示，他听进了这些话，并且会认真思考后再做决定。

将近十点钟，向导说阿拉哈巴德火车站到了。中断的铁路在这儿重新接上了，火车不到一天一夜就能从阿拉哈巴德到达加尔各答。

费雷亚斯·福格必须准时到达，才能乘上第二天，也就是10

月25日正午，开往中国香港的邮船。

年轻女人被安置在火车站的一个房间里。万事通负责去替她购买各种洗漱用品、长裙、披肩、皮草等所有他能找到的东西。他的主人不限制他用钱。

万事通立即出发了，跑遍城里的大街小巷。阿拉哈巴德，这是一个宗教圣地，是印度最受尊崇的地方之一，因为它建于两条圣河（也就是恒河与朱木纳河）的交汇处，这两条河水吸引了整个半岛的朝圣者。另外，大家知道，根据《罗摩衍那》中的传说，恒河发源于天上，多亏了梵天[1]，才降落到大地上。

万事通一面采购，一面游览了城市，从前这座城市有一座雄伟的堡垒护卫着，如今堡垒成了国家监狱。这座从前的工商业城市，如今再没有商贸，也没有工业。万事通想找一家时装店，只是徒劳，就像在英国离费门百货不远的摄政街上，最后他只在一个爱挑剔的犹太老人开的旧货店里找到了他需要的东西，一条苏格兰料子的长裙、一件宽松的大衣和一件漂亮的水貂皮大衣，他毫不犹豫地付了七十五英镑，然后得意扬扬地返回了火车站。

阿乌达夫人开始渐渐苏醒过来。皮拉吉的僧侣们对她产生的影响慢慢消退，她美丽的眼睛又恢复了印度女人全部的温柔。

1　梵天：Brahma，原为古印度的祈祷神，现印度教的创造之神，与毗湿奴、湿婆并称为三主神。

诗王优素福·阿迪尔曾在赞美阿美纳加拉王后时这样表达："她闪闪发亮的头发，均匀地分在两边，凸显她细腻、白皙脸庞的和谐轮廓，光洁鲜嫩的面庞泛着圣洁的光。她乌黑的眉毛有着爱神卡玛[1]弓箭的形状和力量，在她丝绸般的长睫毛下，在明澈的黑眸子中，犹如喜马拉雅山的圣湖中游弋着的最纯粹的天光倒影。她的牙齿细致、整齐、洁白，在笑唇微启时闪着光，像一滴露水在半开启的石榴花苞里。她娇小的耳朵曲线对称，双手红润，两只小脚，脚背隆起、细腻柔嫩，犹如莲花的蓓蕾，就像锡兰最美的珍珠或是戈尔贡德最美的钻石，闪耀出光泽。柔软的柳腰，盈盈一握，那浑圆的腰部曲线，更是烘托出胸部的丰盈，那里展现的，是青春之花最完美的宝藏。在紧身的长裙丝滑的褶皱下，她仿佛是不朽的雕塑家昆首羯摩天[2]巧夺天工之手铸成的纯银雕塑。"

尽管没有必要这样夸张地作诗，只需要说，本德尔肯大公的遗孀阿乌达夫人，用欧洲人的话来说，是一个迷人的女子。她英语说得完美纯正，向导毫不夸张地断言，这个年轻的帕尔西女子被教育改变了。

---

1 卡玛戴瓦：Kamadev，印度的爱神，据说他有四支箭，第一支让男女互相幻想，第二支让他们费尽辛苦得到彼此，第三支让他们互相剥削，第四支让他们杀死彼此。

2 昆首羯摩天：印度神话中的神祇之一，精于制造神器和城池，在《梨俱吠陀》中被视为宇宙的创作者。

然而火车就要离开阿拉哈巴德车站了。帕尔西人等待着。福格先生按照谈好的价格结了账，一分钱都没多给。这让万事通觉得很惊讶，他知道向导的忠诚对他主人的帮助有多大。帕尔西人真真切切地在皮拉吉事件中自愿地冒了生命危险，而且，如果以后那些印度人知道了他干的事，他就很难逃过报复。

剩下的是奇乌尼的问题。这样高价买来的大象怎么处置呢？但是费雷亚斯·福格心中已经有了定夺。"帕尔西人，"他对向导说，"你始终尽心尽力忠心耿耿。我付了你的服务费，但我还没有答谢你的忠诚。你想要这头大象吗？它是属于你的。"

向导的眼睛发出光来。

"阁下给了我一大笔财富啊。"他大声说。

"向导，你当之无愧，"福格先生回答，"是我欠你的人情。"

"好极了！"万事通嚷着说，"牵走吧，朋友！奇乌尼是一头高尚勇敢的动物！"

他走向大象，递给它几块糖，说："嗨，奇乌尼，吃吧，吃吧！"

大象发出几下满意的咕噜声。然后，它用鼻子搂住万事通，把他一直举到头顶。万事通一点儿也不害怕，轻轻抚摸着大象，大象温柔地把他放回地面，这个好小伙用手有力地握住正直的奇乌尼的鼻子。

过了一会儿，费雷亚斯·福格、弗朗西斯·克罗马蒂爵士和万事通坐在舒适的车厢里，阿乌达夫人占据了最好的位置，火车全速驶向瓦拉纳西。

阿拉哈巴德距离这座城市最多八十英里，行程两小时。

这段旅程中，年轻女人完全清醒了，棒格酒的麻醉效果也消失了。

她发现自己坐在火车车厢中，穿着欧洲人的衣服，被一群不认识的旅行者围绕着，她的惊讶程度可想而知！

她的旅伴们先是极力表达他们的关怀，然后让她喝了一点酒，振作精神，然后旅长给她讲了她经历的事情。他说多亏了费雷亚斯·福格，是他毫不犹豫地豁出命去救了她，还有多亏了万事通大胆的想象力。

福格先生就任由他说，默不作声。万事通却觉得不好意思，一再说着"不值一提！"。

阿乌达夫人对她的救命恩人感激涕零，一时无语凝噎。她美丽的眼睛比她的嘴唇更好地诠释了这种感激。然后她又回想起殉夫的场面，她看着这片仍然危机四伏的印度土地，吓得瑟瑟发抖。

费雷亚斯·福格知道阿乌达夫人脑子里在想些什么，为了让她放心，他冷冷地提出把她带到香港，她可以在那里一直待到事件平息。

阿乌达夫人满怀感激地接受了这个提议。恰好她有一个亲戚在香港，和她一样是帕尔西人，也是这座城市中最大的富商之一，虽然香港占据了中国海岸的一角，但却是完全英国式的统治。

十二点半，火车停在瓦拉纳西站。据婆罗门教传说，古城卡西[1]就在这里，它曾经就像穆罕默德的陵墓一般悬在天地之间。但是在如今这个更加现实的年代，瓦拉纳西，这座被东方人称为印度雅典的城市，毫无诗意地坐落在地上，万事通还能看到一些砖墙和柴条搭建的茅屋，看上去完全是一片荒芜，毫无任何地方色彩。

弗朗西斯·克罗马蒂爵士应该在这儿下车。他赶着回去的部队驻扎在城市北面几英里的地方。旅长就此向费雷亚斯·福格作别，祝他万事如意，还表达了一个心愿：继续旅行时，不用这么古怪，而要采取更有利的方式。福格先生轻轻握了一下他的手指。阿乌达夫人的致意更加热情。她永远不会忘记弗朗西斯·克罗马蒂爵士的恩情。至于万事通，他对能和旅长真正握个手感到非常荣幸。万事通激动万分地想，何时何地才能为他效力。随后大家分开了。

---

1 卡西：恒河左岸的圣城。

从瓦拉纳西开始，部分铁路沿着恒河的山谷运行。透过车窗玻璃，天气晴朗，贝哈尔地区风景变幻多姿，青葱的植被覆盖着山野，田地里种着大麦、玉米和小麦，河流、池塘里布满了暗绿色的钝吻鳄鱼，村庄秩序井然，森林郁郁葱葱。几头大象和长着大驼峰的瘤牛泡在圣河的水里，尽管已是深秋，气温已经很低，一群群印度的善男信女们还是虔诚地完成了洗礼。这些信徒是佛教的死敌——狂热的婆罗门教信徒。婆罗门教有三个转世活佛：太阳神毗湿奴、自然之神湿婆和掌管一切僧侣和立法者的梵天。但是，当毗湿奴、湿婆和梵天看到轮船鸣笛经过，搅浑了恒河的圣水，惊起水面上掠过的海鸥，吓跑了岸边大量繁殖的乌龟和沿岸的信徒时，他们会如何看待如今这个完全"英国化"的印度呢？

这片景象像闪电一样掠过，常常有一块白色云团遮住细节。旅行者们隐约看见瓦拉纳西东南部二十公里处的丘纳尔堡，这是贝哈尔拉贾的旧堡垒，还有加兹堡及其制造玫瑰露的大工厂，伫立在恒河左岸的康沃利斯侯爵[1]的墓，防守森严的布克萨尔[2]，工商业大城市、印度主要的鸦片市场——巴特那[3]，像英国的曼彻

1　康沃利斯侯爵（1738—1805）：英国军人、殖民地官员及政治家。

2　布克萨尔：Buxar，是印度比哈尔邦的一个城镇。

3　巴特那：Patna，印度比哈尔邦首府，是一座历史悠久的古城。

斯特或者伯明翰一样的欧化城市蒙吉尔，它以冶炼、制造有刃农具、工具和冷兵器闻名，高耸的烟囱喷出的浓烟污染了梵天的天空——在这个梦幻般的国度，这简直是大煞风景！

夜幕降临了，在面对火车头逃逸而去的豺狼虎豹的吼叫声中，火车全速驶过，再也看不到孟加拉的美景，也看不到戈尔贡德、古尔遗址、从前的首府穆什达巴德、布尔德万、乌格利或者尚德尔纳格尔，这个法国在印度地区的据点，万事通会为看到飘扬的法国国旗而自豪的！

终于，早上七点，抵达加尔各答。前往香港的邮船要到中午才起航。费雷亚斯·福格有五个小时的闲余时间。

根据他的旅行路线，这位绅士应该在10月25日，也就是离开伦敦后的二十三天到达印度的首都[1]，他准时到达了。他既没有延后，也没有提前。遗憾的是，从伦敦到孟买节省的两天时间，大家也知道，在穿越印度半岛的时候失去了——但是，可以想象，费雷亚斯·福格并不后悔。

---

1 加尔各答在19世纪是印度的首都。

第十五章

旅行包里的钞票又少了几千镑

火车靠站了。万事通第一个下了车,后面跟着福格先生,他扶着阿乌达夫人下到月台上。费雷亚斯·福格打算直接登上开往香港的邮船,以便将阿乌达夫人安顿好,他不愿意离开她,这个国家对她来说处处有危险。

正当福格先生走出火车站时,一个警察走近他说:"费雷亚斯·福格先生吗?"

"是我。"

"这个人是您的仆人吗?"警察指着万事通问。

"是的。"

"请两位跟我走一趟。"

福格先生没有流露出一丝一毫的吃惊。这个警察是法律的代表，对于所有英国人来说，法律是神圣的。万事通出于法国人的习惯，试图争辩，但是警察用警棍碰了他一下，费雷亚斯·福格示意他服从。

"这位年轻的夫人能陪我们一起去吗？"福格问。

"可以。"警察回答。

警察将福格先生、阿乌达夫人和万事通带到一辆马车前，那是一辆由两匹马拉着的四轮四座马车。马车出发了。路上没有人讲话，大约走了二十分钟。

马车先穿过"黑城区"，那里街道狭窄，两边是简陋的住房，聚居着脏兮兮的、衣衫褴褛的各族居民；然后，马车穿过"欧洲城区"，椰树的浓荫下，砖头房子桅杆高耸，令人赏心悦目，尽管是清晨，优雅的骑手和华丽的马车已经穿梭如织。

马车停在一栋外表普通的房子前面，但是应该不是居民住宅。警察让他的囚徒——真的可以用这个词称呼他们——下车，把他们带到一个有铁栅栏窗户的房间，对他们说："八点半，奥巴迪亚法官会传唤你们。"

说完，他抽身离开，关上了门。

"天哪！我们被抓起来了！"万事通嚷嚷着说，跌坐在一张椅子上。

阿乌达夫人听上去极力想掩饰她的情绪，但也无济于事，她立刻对福格先生说："先生，你们必须丢下我！都是因为我，你们才被追捕！都是因为救我！"

费雷亚斯·福格仅仅说，这不可能。因为殉葬的事情被追捕，这怎么可能！原告怎么敢出庭呢？一定是有什么误会。福格先生还说，无论如何，他不会丢下这个年轻女人，他要把她带到香港。

"可是，轮船中午要起航啊！"万事通说。

"中午前我们会在船上。"不动声色的绅士简简单单地回答了一句。

这话说得斩钉截铁，万事通不由得对自己说："当然！毫无疑问！中午之前，我们会在船上！"但是他丝毫没有把握。

八点半，房门打开了。警察重新出现，他把囚徒带到隔壁房间。这是一个审判庭，听众相当多，由欧洲人和本地居民组成，他们已经在听众席入了座。

福格先生、阿乌达夫人和万事通坐在一条长凳上，面对着保留给法官和书记员的座位。

法官奥巴迪亚进来了，后面跟着书记员。这是个体形硕大的胖男人。他从一个钉子上取下假发，灵活地戴到头上。

"第一个案子。"他说。

但是，他把手按到头上："咦！这不是我的假发！"

"奥巴迪亚先生，的确，那是我的假发。"书记员回答。

"亲爱的奥义斯特普福先生，一个法官戴着书记员的假发怎么能判好案子呢！"

两人交换了假发。在上演这出开场戏时，万事通急不可待，因为在审判庭的大钟盘面上，指针似乎可怕地飞速旋转着。

"第一个案子。"奥巴迪亚法官重新说。

"费雷亚斯·福格？"书记员奥义斯特普福说。

"在。"福格先生回答。

"万事通？"

"到！"万事通回答。

"很好！"法官奥巴迪亚说，"两位被告，我们针对所有从孟买发出的火车，等着你们出现，已经有两天了。"

"但是，你们凭什么控告我们？"万事通不耐烦地喊道。

"你们会知道的。"法官回答。

"先生，"福格先生说，"我是英国公民，我有权……"

"有人对您不敬吗？"奥巴迪亚先生问。

"完全没有。"

"很好！把原告带上来。"

法官一声令下，三个印度僧侣被一个执法人员带了进来。

"就是他们！"万事通自言自语地说，"就是这些无赖，想要烧死我们的年轻夫人！"

那些僧侣站在法官面前，书记员大声念着一份亵渎圣物的诉状，指责费雷亚斯·福格先生和他的仆人亵渎了婆罗门教圣地。

"你们听到了吗？"法官问费雷亚斯·福格。

"是的，先生。"福格先生看了看手表，回答道，"我承认。"

"啊！您承认？"

"我承认，我还等着这三个僧人承认他们想在皮拉吉神庙干的事。"

三个僧人面面相觑。他们看起来好像不理解被告的话。

"当然！"万事通冲动地喊道，"在皮拉吉神庙前面，他们要烧死这位受害者！"

僧人们又一次目瞪口呆，连奥巴迪亚法官也显得深深震惊了。"什么受害者？"他问，"烧死谁！在孟买城里？"

"在孟买？"万事通嚷道。

"当然。和皮拉吉神庙无关，但是和孟买的马拉巴山神庙有关！"

"作为证物，这是亵渎圣地者的鞋子。"书记员一面补充说，一面把一双拖鞋放在他的桌子上。

"我的鞋子！"万事通大声说，他终于被震惊了，不由自主大叫起来。

可以想象主仆二人现在脑子里是有多糊涂。孟买神庙的事情，他们已经置之脑后，居然是因为这件事，把他们带到了加尔各答的法官面前。

事实上，警探菲克斯早已经明白，可以在这件麻烦事中做文章。他把出发推迟了十二小时，跑去鼓动马拉巴山神庙的僧侣；他知道英国政府对这类轻罪处置非常严厉，便告诉僧人说他们可以得到一大笔赔偿；然后，他让他们坐下一班火车，追踪亵渎圣地的人。但是，由于解救年轻寡妇用去了时间，菲克斯和印度人在费雷亚斯·福格和他的仆人之前就到达了加尔各答；法官得到电报的通知，必须在他们下火车时逮捕他们。当菲克斯得知费雷亚斯·福格还没有到达印度首都时，可以想象他是多么失望。他猜想，这个窃贼会在半岛铁路线上的一个车站停下，躲在北方省份。二十四小时里，菲克斯心急如焚，在火车站窥伺着。这天早上，当他看到福格陪着一个他搞不清楚来路的年轻女人从火车上下来时，他欣喜若狂。他立即跑到一个警察那里报告，因此，福格先生、万事通和本德尔肯拉贾的遗孀被带到了奥巴迪亚法官面前。

如果万事通不那么全神贯注于自己的案子，他会看到在法庭的角落里，警探饶有兴致地观赏着审判，这种兴趣当然是很容易理解的——因为在加尔各答，就像在孟买、在苏伊士一样，他还是没有拿到逮捕令。

然而奥巴迪亚法官已经注意到万事通不小心说出的证词，要是能收回这证词，他宁愿倾其所有。

"这些事，你们都承认了？"法官说。

"承认。"福格先生冷冷地回答。

"鉴于，"法官又说，"鉴于英国法律平等而严格地保护印度人民的所有宗教，由于万事通先生供认不讳，承认10月20日在孟买，用一只脚玷污了马拉巴山神庙的地面，现在宣判监禁万事通十五天，罚款三百英镑（七千五百法郎）。"

"三百英镑？"万事通大喊，他是真的只对罚款敏感。

"肃静！"执法人员尖声叫道。

"还有，"奥巴迪亚法官补充说道，"鉴于没有证据证明主仆之间没有串通，无论如何，主人应为仆人的行为负责，因此拘留费雷亚斯·福格，判处监禁一星期，罚款一百五十英镑。书记员，下一个案子！"

菲克斯在角落里感到难以形容的满足。费雷亚斯要在加尔各答滞留一星期，足以让他等到逮捕令的到达。

万事通惊呆了。这个判决毁了他的主人。一个价值两万英镑的赌局眼看就要泡汤了，这一切都是因为他在闲逛中踏进了这个该死的神庙！

费雷亚斯·福格就像这个判决与他无关一般，镇定自若，甚至没有皱一下眉头。在书记员叫下一个案子时，他站起来，说："我交保释金。"

"这是您的权利。"法官回答。

菲克斯感到背脊发冷，但是，当他听到法官说，鉴于费雷亚斯·福格和他的仆人外国人的身份，确定保释金每人一千英镑（两万五千法郎）时，他又恢复了信心。

如果福格先生不想服刑的话，他要付出两千英镑。

"我付款。"这位绅士说。

他从万事通背着的旅行包里拿出一沓钞票，放在书记员的桌上。

"这笔钱会在你们服刑期满出狱时还给你们，"法官说，"在这期间，你们因保释而自由。"

"走吧。"费雷亚斯·福格对他的仆人说。

"但是，至少，他们要还我鞋子！"万事通怒气冲天地大喊。

有人把鞋还给了他。

"真是昂贵啊！"他嗫嚅道，"每只鞋一千多英镑！还不算上他们给我的难堪！"

年轻女人挽着福格先生的手臂，万事通可怜巴巴地跟在后头。菲克斯还奢望这窃贼不会舍得丢掉这两千英镑，然后在监狱里蹲上一星期。于是他紧紧跟上福格。

福格先生叫了一辆马车，阿乌达夫人、万事通和他立刻上车。菲克斯在马车后面跟着跑，很快，马车在城里的一个码头停下了。

在半海里外的锚地，仰光号停泊着，表示即将出发的信号旗升起在桅杆上。十一点的钟声敲响了。福格先生提前了一小时。菲克斯看到他下了车，和阿乌达夫人、万事通一起，登上了一只小船。警探气得直跺脚。

"无赖！"他叫道，"他跑了！就这么丢了两千英镑！像贼一样挥霍！啊！必要的话，我一定追他到世界尽头；但是，这钱照他这样花下去，赃款很快就会统统花光！"

警探陷入了沉思。的确，自从费雷亚斯·福格离开伦敦，旅行费和额外的费用，购买大象、保释金和罚款，他在路上已经花掉了五千英镑（十二万五千法郎），而奖励给警探的，就是追回赃款的百分之一，也在不断减少。

第十六章

菲克斯假装完全不知道别人告诉他的事

仰光号是半岛东方公司的一艘邮轮，走中国和日本的航线，钢铁材质，用螺旋桨推进器，载重一千七百七十吨，名义上是四百匹马力。它的速度能与蒙古号媲美，但是没有蒙古号舒适。因此，阿乌达夫人并不像费雷亚斯·福格所期望的那样被安置得妥妥当当。毕竟，只是三千五百海里的航行，也就是十一二天，年轻女人没有表现出是个很挑剔的旅客。

在这次航行的头几天，阿乌达夫人对费雷亚斯·福格有了更丰富全面的了解。一有机会，她就对他表示万分的感谢。这位冷淡的绅士就这么听着她说，至少表面上看起来如此，他冷若冰霜，没有一丝最轻微的语调或者手势透露出他哪怕一点点的情绪。他关注的是不让年轻女人缺少什么。隔几个小时，他就过来，虽然不聊天，但至少听她说话。他对她完成的是最为彬彬有礼的职责，他一系列的动作像是被事先组合好了，专门为了完成这一使命，优雅大方又出人意料。阿乌达夫人有些捉摸不透，但是万事通跟她解释了一些他主人的古怪脾气。他告诉她，是怎么样的赌注使得这位绅士踏上了环球之旅。阿乌达夫人露出了微笑；但不论如何，他救了她的命，按她对他的了解，她的救命恩人不会输。

阿乌达夫人证实了那个印度向导讲述的动人故事。她确实属于本地人种族中的一等种族。不少帕尔西人在印度做棉花生意发了财。其中一位叫詹姆斯·杰热鲍伊的先生，由英国政府封了贵族，阿乌达夫人是这个住在孟买的富商的亲戚。她想到香港投靠的，就是这个杰热鲍伊先生的堂弟，尊敬的杰热。她在他那儿能找到庇护和帮助吗？她不确定。对此，福格先生告诉她不用担心，一切都会严密精准地安排好！这是他常说的话。

这个年轻女人真正明白这个可怕的副词吗？不得而知。可是，她的大眼睛盯住福格先生的眼睛，她的眼睛"清澈得像是喜马拉雅山的圣湖"！但是，执拗的福格先生，和平时一样正襟危坐，看起来根本不像会投入这片湖水的人。

仰光号的第一段行程一帆风顺。天气适于航行。水手称之为"孟加拉的怀抱"的这片广阔海湾，有利于邮船航行。仰光号很快就到了大安达曼岛，这是群岛中的主岛，岛上风景如画的鞍峰山高两千四百英尺，航行者远远就能看到。

邮船靠近海岸在航行。岛上根本没看见巴布亚土著人，他们是人类中最不开化的种族，但是说他们吃人肉，那是不对的。

这些岛一字排开的全景美妙绝伦。蒲葵、槟榔、竹子、肉豆蔻、柚木、巨大的金合欢花、高大的蕨类植物组成的茂密森林覆盖着这片土地的前部，后面则是山峦的秀美剪影。山坡上聚集着成千上万只稀有的金丝雀，它们可食用的巢在中国是一道美味佳肴。安达曼群岛映入眼帘，这幅多变的景象一掠而过，仰光号朝着马六甲海峡飞速驶去，再从这里进入中国海。

倒霉地卷入环球旅行中的警探菲克斯，在这趟旅行中做些什么呢？离开加尔各答时，他留下吩咐，如果逮捕令终于抵达，就给他发到香港，他登上了仰光号，不让万事通看到，他希望避人耳目，直到邮船抵达终点。说实话，他很难解释为什么他待在船上，却可以不引起万事通的猜疑，万事通还以为他在孟买呢。但是，情形发展的逻辑本身又使他与正直的小伙子重逢了。怎么回事呢？我们接着往下看。

警探的所有希望和期待，如今都集中在唯一的一个地方——香港，因为邮船在新加坡停留时间很短，他无法在这个地方行动。所以他必须在香港逮捕这个小偷，不然这贼就会从他手中逃脱，而且可以说是无可挽回了。

因为香港仍然属于英国管辖范围，但也是这次行程中的最后一个可能抓到福格的地方了。再往后，中国，日本，美国，对于福格先生来说几乎可以说是万无一失的庇护所了。在香港，即便逮捕令抵达得比他晚，菲克斯也可以逮捕福格，把他交到当地警方手里，没有任何困难。但是过了香港，一纸简单的逮捕令就不够了，还必须有引渡文件。这样一来，因为推迟延误等各种各样的障碍，那个无赖就能好好利用，最终逃之夭夭了。如果在香港行动失败，即便不说不可能，至少也很难把他捉拿归案了。

"因此，"菲克斯在他的船舱里不断地告诉自己，"因此，要么在香港接到逮捕令，我抓住这个家伙；要么，如果逮捕令没到的话，我就必须不惜一切代价，延误他的动身！我在孟买失手了，我在加尔各答失手了！如果在香港我再失手，我就会名誉扫地！无论如何，必须成功。但是，如果必要的话，该如何耽搁这个该死的福格动身呢？"

最后，菲克斯决定对万事通和盘托出，让他好好认清他的主人，而他肯定不是同谋。万事通知道真相之后，因为害怕变成同谋，无疑会站在他菲克斯这边。但是，说到底，这方法需要冒险，只有到万不得已才能使用。万事通只要对他主人透露一点点风声，就足以无可挽回地坏事。

警探很是为难。这时，阿乌达夫人在费雷亚斯·福格的陪同下，出现在仰光号上，给他打开了新思路。

这个女人是谁？怎样的机缘巧合使她成了福格先生的女伴？他们显然是在孟买和加尔各答之间相遇的。但是具体在什么地方呢？是什么意外让费雷亚斯·福格和这个年轻女旅客汇聚在一起的吗？或者恰恰相反，这位绅士这趟穿越印度的旅行，莫非就是为了来见这个迷人的女子？因为她真是倾国倾城啊！菲克斯在加尔各答的法庭上已经大饱眼福了。

大家可以想象警探此刻是有多困惑多吃惊了。他寻思着这件案子里是不是涉及一起恶意绑架案。正是！一定就是这样！这个想法印刻在菲克斯的脑海里，他明白可以从这样的局势中捞到好处。不管这个年轻女人结婚与否，这都是绑架，绑架案是可以引起大麻烦的，用钱也解决不了的麻烦。

不过，不该等到仰光号抵达香港。这个福格有从一艘船跳到另一艘船的恶习，所以在着手办案之前，他可能早就跑远了。

因此，重要的是预先通知英国当局，在仰光号靠岸之前，报告它的行程。事情并不难办，因为邮船可以在新加坡停靠，而新加坡和中国海岸有电报联系。

尽管如此，在行动之前，为了确保万无一失，菲克斯决定问一下万事通。他知道要让这个小伙子讲话并不困难，他决定放弃保持至今的隐姓埋名。事不宜迟。这一天是10月31日，第二天，仰光号就要停靠新加坡。

这一天，菲克斯从他的船舱走出来，登上甲板，试图首先上前搭讪万事通，当然是带着万分吃惊的神色。万事通在前面散步，警探冲上前去，大声说："您在仰光号上啊！"

"菲克斯先生也在船上啊！"万事通回答，看到蒙古号上的旅伴出现在这里，他万分吃惊，"怎么！我们在孟买分开的，而在去香港的路上，我们又遇上了！所以，您也在做环球旅行吗？"

"不，不，"菲克斯回答，"我打算在香港停留——至少几天。"

"啊！"万事通说，他看上去愣了一下，"可是，自从我们从加尔各答动身，怎么都没在船上看到您呢？"

"啊，老天，我病了……有点晕船……我就躺在我的船舱里休息……孟加拉湾可不像印度洋那样适合我。您的主人呢，费雷亚斯·福格先生？"

"他身体很好，而且行程依旧准时！一天都没有耽误！啊！菲克斯先生，您不知道，和我们同行的还有一位年轻太太。"

"一位年轻太太？"警探回答，一副完全不理解对方在说什么的样子。

但是万事通不久就让他知道了整个故事。他讲述了孟买神庙的事情，以两千英镑买下大象，殉夫祭祀，劫走阿乌达，加尔各答法庭的判决，还有保释金下的自由。菲克斯知道这件事的最后部分，却假装全然不知，万事通沉浸在滔滔不绝的讲述中，而他的听众看上去兴致盎然。

"但是，说到底，"菲克斯问，"您的主人打算把这位年轻女子带到欧洲吗？"

"不，菲克斯先生，不！我们仅仅把她带到一位亲戚那里，他是个香港富商。"

"原来是这样！"警探心想，竭力掩饰住他的失望，"去喝一杯杜松子酒吗，万事通先生？"

"非常乐意，菲克斯先生。最起码，为我们在仰光号上重逢喝上一杯！"

第十七章

从新加坡到香港途中发生的事情

从这天起，万事通和警探常常相遇，但是警探对他的同伴极为矜持，他根本不想让万事通说话。仅仅是一两次，他看见福格先生待在仰光号的大厅里，要么陪伴着阿乌达夫人，要么按照他不变的习惯，打惠斯特牌。

至于万事通，他非常认真地思索，这又一次让他们在主人的旅途中相遇的奇怪巧合。说实在的，这很难不让人震惊。这位绅士，很可爱，无疑也很随和。他们首先在苏伊士相遇，接着他又上了蒙古号，在孟买下船，他说要逗留几天，然后又在仰光号上重逢，他要去香港。总之，步步跟随福格先生的行程，这值得人好好细想一下。这里的巧合，至少很古怪。这个菲克斯什么来头？万事通准备用他那双拖鞋——他把它们小心翼翼地收藏了起来——来打赌，这个菲克斯会和他们同时离开香港，而且可能待在同一条邮船上。

万事通就是想一个世纪，也猜不到警探承担着什么使命。他绝不会想到，费雷亚斯·福格被当成一个窃贼"溜走"，绕地球逃逸。但是，出于人类爱解释一切的本性，万事通突然灵光一现，他突然知道该如何解释菲克斯的一再出现了，的确，他的解释相当说得通。在他看来，其实菲克斯就是革新俱乐部的会友们派来跟踪福格先生的密探，为了确认这次旅程是根据说好的路线，有规律地环游世界完成的。

"再明显不过！再明显不过了！"正直的小伙子一再重复，为自己的洞察力深感骄傲，"这是那些绅士派来跟踪我们的一个间谍！真不厚道！福格先生那么正直清廉，那么令人尊敬！居然派一个密探来监视他！啊！革新俱乐部的先生们，这要使你们付出高昂的代价！"

万事通为自己的发现感到很高兴，但他决定什么也不向自己的主人透露，生怕主人被他对手们的这种不信任伤害。但是，他打算有机会戏弄一下菲克斯，不过要旁敲侧击，不要牵连了自己。

10月13日，星期三下午，仰光号驶入马六甲海峡，这个海峡将马来半岛和苏门答腊的领地分隔开。一些山势陡峭的小岛风景如画，挡住了游客们观赏大岛的视线。

万事通在整个风暴期间都待在仰光号的甲板上。他在下面待不住；他爬上桅杆，把船员们吓了一跳，还灵活得跟只猴子一般，到处帮忙。

第二天，早上四点钟，仰光号比预定行程提前了半天，停泊在新加坡，为了补充燃煤。

费雷亚斯·福格在他的盈余栏里记上提前的时间，这一次，他上了岸，陪伴着阿乌达夫人，她想逛几个小时。

在菲克斯眼里，福格所有的行动都很可疑，他跟随在后，不让人发觉。至于万事通，他看到菲克斯的所作所为，心里暗暗发笑。他照常去采购。

新加坡岛不大，景色也不雄伟。岛上没有高山，也就是说，没有耸起的轮廓。然而它的贫瘠也自有迷人之处。这是一个公园，遍布着美丽的道路。一辆漂亮的豪华马车，由新荷兰[1]引进的健壮马匹们牵引着，载着阿乌达夫人和费雷亚斯·福格先生穿过叶子油亮的棕榈树丛和丁香花丛，丁香花最迷人的部分，是那半开半合的蓓蕾。那里，一丛丛胡椒代替了欧洲乡下长刺的树篱；西谷椰子、枝叶繁茂的蕨类植物，使这片热带地区风貌迥异；肉豆蔻树的绿叶油光发亮，使空气中充满沁人心脾的香味。成群的猴子们警觉地做着鬼脸，散布在树林中，可能还有不少老虎在丛林中。要是有人惊奇在这个相对来说如此小的岛上，这些食肉动物为何还没被灭绝，那他就会得到这样的回答：这些动物都是从

1　新荷兰：1824年前澳大利亚的名称。

马六甲海峡游过来的。

在乡间溜达了两个小时后，阿乌达夫人和她的同伴——福格先生对这些景色有些熟视无睹——回到了城里，城里拥挤着笨拙的、破败不堪的房屋，周围围绕着迷人的花园，里面生长着桃金娘、菠萝等世界上最好的水果。

十点钟，他们回到邮轮上，一路上被警探跟着，他们丝毫没有发现，因为警探为了不让人察觉，也不得不花钱坐马车。

万事通在仰光号的甲板上等待着他们。好小伙儿买了十来个桃金娘，和中等大小的苹果一般大，果皮是深褐色的，里面是鲜红的，白色的果肉入口即化，在真正的美食家那儿是一种无与伦比的享受。万事通很高兴能把这些水果献给阿乌达夫人，她落落大方地对他表示感谢。

十一点，仰光号加满了煤，解开缆绳，几个小时后，游客们便看不见马六甲的高山了，山上的森林里隐藏着陆地上最健美的老虎。

新加坡和香港岛之间相隔差不多一千三百海里，这是与中国海岸分割开来的小片英属领地。费雷亚斯·福格关注的是，最多在六天内，必须抵达香港，以便在香港坐上11月6日的船，前往日本主要港口之一的横滨。

仰光号装得满满的。不少旅客在新加坡上船，有印度人、锡兰人、中国人、马来人、葡萄牙人，他们大多数坐二等座。

至今为止相当好的天气，随着下弦月而开始出现变化。海上浪涛汹涌。有时刮起劲风，幸亏来自东南方向，是有利于轮船航行的。鉴于是利航的顺风，船长下令升起风帆。仰光号是双桅横帆船，通常是升起双帆和前桅帆航行，借助蒸汽和风力的双重作用加速前行。邮船就这样在短促而有时令人疲劳的波浪中，沿着安南和交趾支那[1]的海岸前行。

但是，问题与其说是来自海面，不如说是来自船上。邮轮上的游客，大部分都因为船的颠簸而生病了。

在中国海域提供服务的半岛公司邮船，有一个严重的结构缺陷。装载后与空船时的排水量计算有误，所以这些船对海浪的抵抗力很差。不透水的密封舱容积也不够大。用航海术语来说，它们是"水淹舱"，而这种结构带来的后果就是，只消几个大浪打到甲板上，就能改变它们的航向。因此，这些船和法国邮船公司的船，比如皇后号和柬埔寨号比起来，即便不说发动机和蒸汽机，单从结构来说，就已经相形见绌了。根据工程师的计算，法国轮船可以承载与自重相等的重量，而这些半岛公司的轮船，比如戈尔贡达号、高丽号，还有仰光号，不能承载超过自身重量的

1　安南保护国和交趾支那是法属印度支那时期原越南阮朝的领土。

六分之一，否则就会沉入海底。

因此，天气恶劣的时候，需要格外小心。有时候必须扯最少的帆，把蒸汽机开到最小。这等于是浪费时间，看起来却没有影响费雷亚斯·福格丝毫，但是万事通却显得焦躁万分。于是他责怪船长、机械师、轮船公司，把所有和运输旅客相关的工作人员都诅咒了个遍。也许他想到萨维尔街上那座房子里不断燃烧的煤气，要由他来支付，他才如此气急败坏。

"您急着要到香港吗？"一天，警探问他。

"非常急！"万事通回答。

"您认为福格先生急着乘上去横滨的船吗？"

"急不可待。"

"那么您现在相信了这古怪的环球旅行咯？"

"绝对相信。您呢，菲克斯先生？"

"我？我可不信！"

"滑头！"万事通说着眨了眨眼睛。

这个词让警探浮想联翩。这个修饰词让他忐忑不安，他自己也不是很明白其中的缘由。这个法国人已经猜出他是谁了吗？他也无从揣度。可是这个警探身份，是只有他一人知道的秘密，万事通怎么会知道呢？但是，既然他这么说了，心里必定是有什么想法的。

一天，这个正直的小伙子甚至表现得更明显，但他也是情不自禁。他管不住自己的嘴。

"您看，菲克斯先生，"他语气狡黠地问他的同伴，"等到了香港，我们是不是就不再能有幸得到您的陪伴了？"

"这个嘛，"菲克斯不无尴尬地回答，"我不知道！……或许……"

"啊！"万事通说，"如果您能与我们继续做伴的话，对我来说真是太好了！是啊，半岛公司的代理人怎么会在半路上停下来呢。您本来只到孟买，如今您都快到中国了！美国也不远了，从美国到欧洲只是一步之遥！"

菲克斯盯着万事通看，万事通正摆出世界上最可爱的表情，菲克斯决定和他一起笑。但是万事通来了兴致，问他："这个职业是不是收入很高？"

"是，也不是，"菲克斯回答，眉头也没有皱一下，"生意总是有好有坏的。但您可以理解，我不用自己付旅费！"

"哦！这一点，我很确信！"万事通大喊，笑得更夸张了。

谈话就这样结束了，菲克斯回到他自己的舱室，陷入了沉思。他显然是露馅了。不管怎样，这个法国人肯定识破了他警探的身份。可是，他已经告诉自己的主人了吗？在这一切当中，他扮演的是怎样一个角色呢？他是不是同谋？事情已经因为暴露而失败了吗？几小时中，警探焦躁难熬，一会儿觉得一切都完了，一会儿又期望福格还不知道情形，总之摇摆不定无所适从。

他的头脑终于又恢复了平静，他决定对万事通坦陈。如果他无法按照设想在香港逮捕福格，如果福格这回准备彻底离开英属领地，他，菲克斯，就要把一切都告诉万事通。要么这个仆人是他主人的同谋——他的主人什么都知道了，这样的话，事情就彻底失败了；要么仆人完全没有参与进去，这样的话，利益会驱使他抛弃这个窃贼。

这两个人彼此的情况就是这样，而费雷亚斯·福格，则以他超然的淡定，凌驾于他们之上。他如卫星般理智地完成他的环球之行，毫不担心他周围小行星的引力。

然而，在他周围，借用天文学的说法，应该有一个"干扰星体"会对这位绅士的心脏产生一些干扰。但是，不！阿乌达夫人的魅力，出乎万事通的意料，并没有产生什么影响，就算有干扰存在，其大小也是很难计算的，甚至比计算天王星受到的摄动还要难[1]（正是天王星所受的摄动使人发现了海王星的存在）。

是的！万事通每天都很惊讶，他看到年轻女人眼中溢出的对他主人的感激之情！而费雷亚斯·福格心里断然只有一身正气的

---

1 1834年，T.H.Hussey提出，天王星轨道的不规则性可能来源于一颗未知星球对它产生的摄动。这一理论经过发展，在1846年被证实。

绅士做派，要说爱慕之情，完全没有！至于旅行中的际遇可能使他产生的关切之心，也没有留下任何印记。但是万事通，他始终处于魂不守舍的忧虑状态。一天，他倚在"机房"的栏杆上，望着那台威力强大的机器，每当船身剧烈晃动，螺旋桨推进器失控地露出水面，他都要大发雷霆。于是蒸汽从阀门喷出，这个好小伙子也气得冒烟。

"这些阀门没有加足燃料！"他嚷道，"船就要开不动了！英国人就是这样！啊！这要是一艘美国船，就算可能会颠簸，但绝对比这开得快！"

第十八章

费雷亚斯·福格、万事通、菲克斯各居其位，各行其是

这段行程的最后几天，天气相当恶劣。风刮得更猛，始终来自西北方向，阻挡邮船行进。仰光号非常不稳定，颠簸得厉害，旅客们对海上掀起的恼人长浪怨声载道。

11月3日和4日，海上风暴四起。狂风猛烈地拍打着海面。整整半天的时间，仰光号不得不将螺旋桨推进器维持在每秒十转的速度，斜着船身前进。所有的帆已经收紧，而帆缆的索具在狂风中仍然呼呼作响。

可想而知，邮船的速度大大地降低了，可以估计，抵达香港的时间要比预计时间晚上二十小时，如果风暴不停下来的话，甚至可能更迟。

费雷亚斯·福格望着这愤怒的大海，简直像明摆着和他作

对，向他一贯的无动于衷挑衅。他的脸色一点儿都没有阴沉下来，然而延迟二十小时会使他错过去横滨的邮船，从而可能毁了他整个旅行。但这个从不冲动的人既不感到急躁，也不觉得忧虑。看起来，似乎这个风暴确实在他计划之内，他早已经预料到了。阿乌达夫人，和她的旅伴谈到这样的坏天气，发现他和以往一样平静。

菲克斯却对这场风暴另眼相待。可以说是截然相反。这场风暴令他高兴。如果仰光号不得不躲避风暴，那他将会无比地满意。所有的晚点都合他心意，因为这会使福格先生不得不在香港逗留几天。总之，狂风暴雨的天气真正是助了他一臂之力。他的确有点不舒服，但又有什么关系！他不在意这些恶心，因为当他的身体因为晕船而扭来扭去时，他的心里却欣喜若狂。

至于万事通，可以想象，他是带着如何毫不掩饰的怒气，度过这段艰难时刻的。迄今为止，一切顺利！陆地和海洋似乎都是为他主人效劳的。邮轮和火车都服从于他。风和蒸汽联合起来，帮助他的旅行。难道，失算的时刻终于到来了吗？万事通感觉生不如死，仿佛两万英镑的赌金要从他的钱包里掏出来似的。这场风暴使他怒不可遏，狂风使他暴跳如雷，他真想抽打这不听话的海洋！可怜的小伙子！菲克斯小心翼翼地对他隐藏自己的幸灾乐祸，他这么做是明智的，因为如果万事通猜出他心底的窃喜，那就有他好受的了。

万事通在整个风暴期间都待在仰光号的甲板上。他在下面待不住；他爬上桅杆，把船员们吓了一跳，还灵活得跟只猴子一般，到处帮忙。他问了船长、高级船员、水手不下百次，他们看到一个小伙子如此失态，都忍俊不禁。万事通实在想知道，风暴还要持续多久。于是有人打发他去看气压计，而气压计的指示却没有任何上升的迹象。万事通摇动气压计，但不管他怎么摇，怎么骂，这不负责任的仪器都没有任何反应。

风暴终于平息。11月4日这天，海上的情况有了变化。午后转向南风，又变得有利于航行了。

万事通也逐渐恢复了平静。桅杆和降下的风帆可以升起来了，仰光号又恢复了高速行驶。

但是不可能弥补所有失去的时间。必须另想办法，邮船要在6号早晨五点才能靠岸。费雷亚斯·福格的行程预计时间是5号抵达。然而，现在的情况只能在6号抵达。所以要迟到二十四小时，这样肯定会错过去横滨的邮船。

六点钟，领航员登上仰光号，坐在舷梯上，为了引领轮船穿过航道，直达香港港口。

万事通真想问这个人，开往横滨的邮轮是否已经离开香港。但是他不敢，宁愿留一点希望，直到最后一刻。他把自己的焦虑告诉了菲克斯，菲克斯这只老狐狸竭力安慰他，告诉他福格先生会化险为夷，坐下一班轮船。这使得万事通火冒三丈。

万事通不敢贸然去问领航员，但是福格先生在查阅了他的旅行指南后，还是平静地询问了领航员，是否知道从香港开往横滨的轮船什么时候起航。

"明天早上涨潮的时候。"领航员回答。

"啊！"福格先生说，没有表现出任何吃惊。

万事通也在场，他真想拥抱领航员，而菲克斯却想把他的脖子拧断。

"这艘船叫什么名字？"福格先生问。

"卡尔纳提克号。"领航员回答。

"它不是应该昨天出发的吗？"

"是的，先生，可是它需要修理其中一个锅炉，所以出发推迟到明天。"

"谢谢您。"福格先生说完，迈着他精准的步伐，又回到了仰光号的客舱里。

至于万事通，他抓起领航员的手，紧紧攥住，说道："您真是个大好人！"

领航员肯定永远不会知道，为什么他的回答会给他招来这么友好的真情流露。随着一声哨响，他登上舷梯，引领邮船在散布着帆船、油船、渔船和各式各样船只的航道中穿行，这些船挤满了香港的海湾。

一点钟，仰光号停靠在码头，旅客们下了船。

应该承认，这种偶然性帮了费雷亚斯·福格的大忙。要不是必须修理锅炉，卡尔纳提克号应该在11月5日就出发了，到日本去的旅客不得不等上一星期，才能坐上另一班邮轮。福格先生确实迟到了二十四小时，但是对之后的旅行没有产生严重后果。

实际上，从横滨到旧金山的邮轮要穿越太平洋，与香港的邮轮直接衔接，必须等待这艘邮轮的到来才能出发。显然，它到横滨迟了二十四小时，但是，在二十二天穿越太平洋的行程中，不难把这时间赚回来。费雷亚斯·福格离开伦敦三十五天，除了这二十四小时的迟到，别的都在他计划之中。

卡尔纳提克号要在明天早上五点钟起航，福格先生有十六个小时可以做自己的事情，也就是关于阿乌达夫人的事情。下船时，他让年轻女人挽住自己的手臂，把她带到一顶轿子面前。他问轿夫有什么酒店，轿夫给他推荐了"俱乐部酒店"。轿子上路了，万事通跟在后头，二十分钟后，他们到达了酒店。

他们给年轻女人订了个套间，费雷亚斯·福格努力让她被照顾妥帖，什么都不缺。然后，他对阿乌达夫人说，他立刻去找那个亲戚，在他的照顾下，她能好好留在香港。同时，为了不让年轻女人独自待在酒店里，他吩咐万事通待在酒店里，直到他回来。

这位绅士让人带他去到交易所。那里的人肯定知道像尊敬的杰热这样的大人物，他可是城里排得上名的富商。

福格先生询问的经纪人的确认识这个帕尔西富商。但是，两年来，他不再住在中国。他发了财，便移居欧洲——在荷兰——这很容易解释，因为之前他就和这个国家有很多生意往来。

福格返回了俱乐部酒店。他立刻请求阿乌达夫人允许他的会见，他开门见山地告诉她，尊敬的杰热不再住在香港，可能是移居到了荷兰。

听到这话，阿乌达夫人先是默不作声。她用手扶住额头，思索了一会儿。然后，她柔声说："我该怎么办呢，福格先生？"

"很简单，"这位绅士回答，"回欧洲。"

"但我不能滥用……"

"您没有滥用什么，您在我身边丝毫不影响我的计划。万事通？"

"先生。"万事通回答。

"去卡尔纳提克号，订三个舱位。"

万事通很高兴年轻女人能陪伴他们继续旅行，她对他和蔼可亲。他立刻离开了俱乐部酒店。

第十九章

万事通过分护主的后果

　　香港是一个小岛，1842年鸦片战争结束，签订《南京条约》，开始由英国统治。几年中，大不列颠的殖民天赋在这里建起了一座重要城市，开辟了一个港口，也就是维多利亚港。这个岛位于珠江入海口，它和对岸的葡萄牙殖民地澳门只隔了六十海里。如果有商战，香港必定会战胜澳门，如今，中国绝大部分的过境货物都从这座英属城市走。船坞、医院、码头、仓库、一座哥特式教堂、一座"总督府"，用柏油、碎石铺成的街道，这一切都令人以为这是一座肯特郡或者萨里郡的商业城市，穿越过半个地球后，几乎在对蹠地，出现在了中国。

　　万事通双手插在口袋里，走向维多利亚港口，看着那些在天朝[1]依旧流行的轿子、带篷独轮车，人潮中有中国人、日本人和欧洲人，一个个在街上摩肩接踵。除了少数事物，香港仍然和正直的小伙子一路所见的孟买、加尔各答或是新加坡差不多。这样就像是英国城市蔓延开来，绕了地球一圈。

万事通到了维多利亚港。这里是珠江的入海口，密密麻麻汇聚着各国的船只，英国的、法国的、美国的、荷兰的，有战舰、商船，日本和中国的小艇、帆船、小船、油船，甚至有花船，像是漂浮在水上的花坛。万事通一边闲逛着，一边看到不少年迈的本地人，穿着黄色衣服。他走进一家中国理发店，要"像中国人那样"刮胡子，他从当地英语讲得相当不错的理发师口中得知，这些老人至少有八十岁了，只有到了这个年纪，他们才有资格穿黄色衣服，这是帝王的颜色。万事通莫名觉得有趣。

刮完了胡子，他回到卡尔纳提克号停靠的码头，在那里看到菲克斯来回踱步，对此他并不感到奇怪。但是，警探的脸上流露出失望的神情。

"好啊！"万事通寻思着，"对革新俱乐部的绅士们来说，事情不容乐观！"

他喜笑颜开地走近菲克斯，不理会他同伴的一脸愁容。

1　天朝：封建时期中国的旧称。

说起来，警探的确有理由咒骂这一路追随他的霉运。还没有收到逮捕令！显然，逮捕令只能追着他跑，每次都要在他到达一个城市之后几天才赶到。但是，香港已经是旅途中英属的最后一片领地，如果他不能逮住福格先生，福格先生马上就能彻底逃之夭夭了。

　　"那么，菲克斯先生，您决定跟我们一起去美国了吗？"万事通问。

　　"是的。"菲克斯咬牙切齿地回答。

　　"那就一起走吧！"万事通大笑着说，"我就知道您不会和我们分开的。来订票吧，来啊！"

　　两个人走进航运售票处，订了四个人的舱位。但是售票员向他们指出，卡尔纳提克号已经修理完毕，邮船当晚八点钟就要出发，而不是像原来通知的那样在第二天早上。

　　"很好！"万事通回答，"这更合我主人的意。我去通知他。"

　　这时，菲克斯决定孤注一掷。他要对万事通和盘托出。这也许是唯一的方法，可以让费雷亚斯·福格多在香港逗留几天。

　　离开售票处时，菲克斯向同伴提出到酒馆喝点东西。万事通看还有时间，便接受了菲克斯的邀请。

　　码头上开了一家酒馆，看起来很诱人。两人走了进去。大厅很宽敞，装修得体，最里头摆着一个通铺，上面放了几个垫子，垫子上躺了好些人。

有三十几个客人坐在大厅里的藤条小桌旁。几个人喝光了几品脱的英国淡色啤酒或是英国黑啤，另一些，喝了几壶杜松子酒或者白兰地。此外，大部分人抽着红土长烟杆，里面塞满了小鸦片球，混杂了玫瑰露。时不时地，有个神经质的烟鬼滑到桌子底下，店里的伙计抓住他的头和脚，抬到通铺他的同伴旁边。二十来个醉鬼就这么紧挨着，不省人事。

菲克斯和万事通明白，他们进了一家大烟馆，里面云集着一些可怜鬼，他们迟钝呆滞、瘦骨嶙峋、木讷愚蠢，唯利是图的英国商人每年把这种名叫"鸦片"的致命性毒品卖给他们，从中牟利两亿六千万法郎！靠人性最可悲的恶习牟取两亿多法郎，多么让人心痛啊。

中国政府曾经颁布严厉的法令，试图纠正这一恶习，但也只是徒劳。鸦片起先是给富裕阶层享用的，随后传播到下层阶级，灾难就此蔓延开来，无法阻挠。权贵阶级到处都有人吸食鸦片，持续不断。男男女女沉迷于这种可憎的嗜好之中，一旦他们习惯了鸦片，他们就再也不能戒除，否则他们的胃就要忍受可怕的痉挛。大烟鬼每天要抽八杆烟，五年之内便会丢掉性命。

菲克斯和万事通想着喝酒，却闯进了这样一家大烟馆，这类大烟馆数不胜数，遍布香港大街小巷。万事通没有钱，但他很乐意接受他同伴的"好意"，并打算在适当的时间和地点回请。

他们要了两瓶波尔图酒[1]，万事通赞不绝口，而菲克斯则克制地端详着他的同伴。两个人东一句西一句地聊着，尤其谈到了菲克斯要乘坐卡尔纳提克号这个绝妙的主意。正说到这艘轮船要提前几小时起航，万事通喝完了两瓶酒，站起身来要去通知他的主人。

菲克斯拉住了他。

"等一下。"他说。

"菲克斯先生，您有什么事？"

"我要和您谈一点严肃的事情。"

"严肃的事情？！"万事通喝光了酒杯底下剩下的几滴酒，大声说，"好吧，我们明天谈。今天我没时间。"

"您等等，"菲克斯回答，"这件事关系到您的主人！"

万事通听到这句话，仔细望向对方。菲克斯脸上的神色有点古怪。万事通又坐了下来。"您要跟我说什么？"他问。

菲克斯把手按在他同伴的胳膊上，压低了声音。

"您已经猜出我是什么人了吧？"他问万事通。

1　波尔图酒：葡萄牙名酒。

"当然！"万事通微笑着说。

"那么我就对您和盘托出……"

"现在我什么都知道了，我的老兄！啊！没什么大不了的！说下去吧。不过，让我先告诉您，那些绅士花的钱也只能打水漂了！"

"打水漂！"菲克斯说，"您是在开玩笑吧！看来您不知道这笔款子有多大！"

"不，我知道，"万事通回答，"两万英镑！"

"是五万五千英镑！"菲克斯又说，握住法国人的手。

"什！"万事通嚷嚷起来，"福格先生真是有魄力啊！……五万五千英镑！……那么！更不能耽误时间了。"他补充一句，重新站起身来。

"五万五千英镑！"菲克斯说着又叫了一杯白兰地，硬是要万事通坐下来，"如果我成功了，我将得到两千英镑的奖金。您想得到五百英镑吗？只要您帮助我。"

"帮助您？"万事通大叫，眼睛睁得滚圆。

"是的，帮助我把福格先生拖住，在香港多待几天。"

"哼！"万事通说，"您在说什么？怎么，那些绅士不仅仅要派人跟踪我的主人，怀疑他的正直，而且还想给他制造障碍！我真替他们感到羞愧！"

"啊！您这是什么意思？"菲克斯问。

"我的意思是，这种小把戏，真是太不光彩了。这就像直接把福格先生扒光了，从他口袋里抢钱！"

"咦！这正是我们要达到的目的！"

"这可是个圈套！"万事通嚷嚷着说，在菲克斯递给他、被他不知不觉中喝下去的白兰地的作用下，他激动起来，"一个真正的圈套！这些绅士们！这些会友们啊！"

菲克斯开始听不明白了。

"那些会友们啊！"万事通嚷道，"那些革新俱乐部的会友们啊！菲克斯先生，您要知道，我的主人是个正直的人，当他决定打赌，那他就要正大光明地赌赢。"

"但是，您到底认为我是什么人？"菲克斯问，两眼盯住万事通。

"当然知道！革新俱乐部会员们的一个密探，任务是监视我主人的旅行路线，这真是奇耻大辱！也正是因为这样，虽然我已经有一段时间猜到了您的身份，我还是对福格先生守口如瓶！"

"他什么都不知道？……"菲克斯连忙问道。

"一无所知。"万事通回答，再次将杯子里的酒一饮而尽。

警探手扶额头，说话之前犹豫了一下。他该怎么办？万事通的猜错看起来不像是装出来的，但这样，他的计划就更难展开了。显然，这个小伙子是实话实说，他也根本不是他主人的同谋——这是菲克斯本来所担心的。

"好吧，"他心想，"既然他不是同谋，那么他应该会帮我的。"

警探第二次下定决心。再说，他也没有时间等下去。他要不惜一切代价，把福格先生留在香港。

"听着，"菲克斯说，语气生硬，"仔细听好，我不是您猜想的那样，就是说，我不是革新俱乐部的成员们派来的密探……"

"哈！"万事通以嘲笑的表情盯住他说。

"我是一个警探，身负首都警察局的一项任务……"

"您是……警探！……"

"是的，我来证明，"菲克斯说，"这是我的委任书。"

密探从口袋里掏出中央警察厅长签署的一份委任书，给他的同伴看。万事通愣住了，望着菲克斯，一时说不出话来。

"福格先生的打赌，"菲克斯又说，"只是一个借口，您受骗了，您和他的革新俱乐部的会友们都受骗了，因为他想要你们无意中都成为他的同谋。"

"但是为什么呢？……"万事通大声说。

"听着。9月28日，有人盗窃了英国国家银行五万五千英镑，这个人的相貌特征已经被查明。您看，就是这些特征，和福格先生一模一样。"

"怎么可能！"万事通大喊起来，用有力的拳头敲了一下桌子，"我的主人是世上最正直的人！"

"您知道什么呢？"菲克斯回答，"您甚至根本都不认识他！他出发那天您才开始伺候他，他在荒唐的借口下匆匆出发，不带行李，只携带一大笔现金！而您居然认定他是个正直的人！"

"他就是！他就是！"可怜的小伙儿机械地重复着。

"那么，您也想作为他的同谋被逮捕吗？"

万事通双手抱住脑袋。他完全变了一副模样。他不敢看向警探。费雷亚斯·福格是个小偷，阿乌达的救命恩人，如此慷慨而正直的一个人！然而那么多的推断都不利于他！万事通竭力排除溜进他脑子里的怀疑。他不愿意相信他的主人有罪。

"您究竟要我干什么？"他对警探说，以最大的努力控制住自己。

"是这样，"菲克斯回答，"我跟踪福格先生一直到这里，我也在伦敦申请了逮捕令，不过还没有收到。所以您必须帮助我，把他留在香港……"

"我！让我……"

"我和您平分英国银行许诺的两千英镑奖金！"

"绝不！"万事通回答，他想要站起来，却又跌坐下去，他感到理智和力气正在同时离他而去。

"菲克斯先生，"他结结巴巴地说道，"即便您对我说的话是真的……即便我的主人就是您要找的那个小偷……尽管我坚决否认……我曾是……如今依然是他的仆人……我看到了他的善良和慷慨……背叛他……绝不……不，哪怕把全世界的金子都给我也不行……我出身的那个村子，人们不吃这一套！……"

"您拒绝？"

"我拒绝。"

"就当我什么也没说，"菲克斯回答，"咱们喝酒吧。"

"好，咱们喝酒！"

万事通越来越感到醉意袭来。菲克斯明白，必须不惜一切代价把万事通和他的主人分开，他想把万事通喝倒。桌上有几支装满鸦片的烟杆。菲克斯拿起一支塞进万事通的手里，万事通接了过来，放到嘴里，点燃，吐了几个烟圈，在麻醉剂的作用下，他脑袋昏昏沉沉的，身子倒了下去。

"好了，"菲克斯看到万事通神志不清，说道，"福格先生不能得到通知，知道卡尔纳提克号的启程时间了，就算他自己出发，至少身边也没这个该死的法国人跟着了！"

然后他付了账，走了出去。

第二十章

菲克斯和费雷亚斯·福格直接打交道

就在这可能会严重损害福格先生之后行程的一幕发生时，福格先生正陪着阿乌达夫人，在这座英属的城市里逛街。自从阿乌达夫人接受了他的提议，跟他一直到欧洲，他不得不考虑这样的长途旅行中所有的细节。一个像他这样的英国男人拿个手提袋旅行，倒也还说得过去；但是一个女人在这种条件下做长途旅行就不可行了。因此，必须购买衣服和旅行的必需品。福格先生以他特有的冷静完成了这项任务，对于年轻寡妇的再三推辞，他只是回答："这是为了我的旅行，也是我计划中的。"

采购好以后，福格先生和年轻女人回到酒店，在餐厅吃了晚饭，服务相当得体。接着，阿乌达夫人有点累了，她"英国式的"有礼有节地握过那位始终无动于衷的救命恩人的手，便回到了自己房间。

可敬的绅士呢，他整晚沉浸在阅读《泰晤士报》和《伦敦新闻画报》中。

如果他是个多疑的人，他一定会奇怪在睡觉的时间点上，没有看到他的仆人。可是，他知道开往横滨的邮船在第二天早晨之前不会离开香港，也就没有多加考虑。第二天，万事通在福格先生拉铃的时候却根本没有露面。

当尊敬的绅士发现他的仆人没有回到酒店时，心里有什么想法，没有人知道。福格先生只是拿起他的旅行袋，让人通知了阿乌达夫人，并叫人去找一辆轿子来。

这时是八点钟，涨潮预计在九点半钟，卡尔纳提克号应该会利用这次涨潮，驶离航道。

轿子来到酒店门口后，福格先生和阿乌达夫人坐上这舒适的交通工具，他们的行李放在后面跟着的一辆独轮车上。

半小时以后，两个旅行者来到登船的码头，就是在那儿，福格先生获悉，卡尔纳提克号已经在前夜开走了。

福格先生本来打算同时看到邮船和他的仆人，结果船和人都没见到。可是，他脸上却没有显出一点失望的表情，阿乌达夫人惴惴不安地望着他，而他只是回答："这是件小事，夫人，仅此而已。"

这时候，有个仔细观察着他的人向他走近，是菲克斯警探。警探向他致敬，并对他说："先生，您是不是像我一样，也是昨天坐着仰光号来的旅客？"

　　"是的，先生，"福格先生冷冷地回答他，"可是我没有荣幸……"

　　"请原谅，我原以为能在这儿见到您的仆人呢。"

　　"您知道他在哪儿吗，先生？"年轻女人急切地问道。

　　"什么？"菲克斯回答，他假装很吃惊，"他没和你们在一起吗？"

　　"没有，"阿乌达夫人回答，"昨天开始，他就没再出现过。难道他不等我们就登上卡尔纳提克号了吗？"

　　"不等你们，夫人？……"警探回答，"但是，恕我冒昧，提个问题，你们也打算坐这艘邮船出发吗？"

　　"是的，先生。"

　　"我也是，夫人，你们也看到了，我很失望。卡尔纳提克号已经修理好了，提前了十二小时，谁也没有通知，就离开香港了，现在必须等一星期，坐下一班船出发！"

　　说着"一星期"这三个字，菲克斯感觉他的心高兴得怦怦直跳。一星期！福格在香港滞留一星期！那就有时间收到逮捕令。终于，这个法律的代表等来了这个机会。

大家可以自己想象，他受到多大的当头一棒，当他听到费雷亚斯·福格用冷静的口吻说："不过，在我看来，除了卡尔纳提克号以外，香港总有别的船吧。"

　　说完，福格先生让阿乌达夫人挽着自己的手臂，到码头去找一艘要出发的船。

　　菲克斯震惊了，跟随其后，像是有根绳子把他跟这个男人拴在一起。

　　可是，迄今为止如此眷顾福格的运气好像真的抛弃了他。费雷亚斯·福格三个小时里跑遍了所有港口，他决定，如果有必要的话，租一艘船，把他送到横滨；但是他只看到装货和卸货的船，都不能准备出航。菲克斯重新产生了希望。

　　但是福格先生并没有张皇失措，哪怕要跑到澳门，他也会继续他的搜寻，就在这时，外港的一个领航员朝他走来。

　　"阁下要坐船吗？"领航员脱下帽子问道。

　　"您有准备出航的船吗？"福格先生问。

　　"是的，阁下。四十三号领航船，船队里最好的一艘。"

　　"跑得快吗？"

　　"最高时速八九海里之间。您想看看吗？"

　　"是的。"

　　"阁下会满意的。是要在海上兜兜风吗？"

"不是。是旅行。"

"旅行？"

"您的船能把我送到横滨吗？"

领航员听到这些话，连连摆手，眼睛瞪得老大。

"阁下是在说笑吧？"他说。

"不！我错过了卡尔纳提克号开船，而我必须最迟14日到达横滨，为了坐船去旧金山。"

"我很抱歉，"领航员回答，"但这是不可能的。"

"我每天给你一百英镑（两千五百法郎），如果准时到达，我再给你两百英镑的赏金。"

"此话当真？"领航员问道。

"千真万确。"福格先生回答。

领航员退到一边。他望着大海，显然在做心理斗争，一方面他渴望得到这笔丰厚的赏金，另一方面他又担心冒险航行那么远。菲克斯也焦虑得要命。

这时，福格先生转向阿乌达夫人。

"夫人，您不害怕吧？"他问道。

"和您在一起，我不害怕，福格先生。"年轻女人回答。

领航员重新走向绅士，手里摆弄着他的帽子。

"怎么样，领航员？"福格先生说。

"这么说吧，阁下，"领航员回答，"我不能拿我手下人的命去冒险，也不能拿我自己和你们的生命去冒险。这艘船的载重勉强也才二十吨，很难航行这么长的路，况且，又赶上这样的季节。而且，我们也不可能准时到达，从香港到横滨有一千六百五十海里呢。"

"只有一千六百海里。"福格先生说。

"一码事。"

菲克斯倒抽了一口气。

"但是，"领航员又说，"也许有别的方法可以解决。"

菲克斯气都透不过来了。

"什么办法？"费雷亚斯·福格问。

"先去日本最南端的长崎，一千一百海里，或者去上海，离香港只有八百海里。走这条航线的话，不用离开中国海岸，有很大优势，尤其是，水流是往北去的。"

"领航员，"费雷亚斯·福格回答，"我要到横滨去搭乘开往美国的轮船，不是到上海或者长崎。"

"为什么不呢？"领航员回答，"到旧金山的邮船不是从横滨出发的。它在横滨和长崎中途停靠，但是它的始发港是上海。"

"您说的话确定属实吗？"

"非常确定。"

"那么，邮船什么时候从上海出发？"

"11日，晚上七点钟。因此我们还有四天时间。四天，也就是九十六小时，每小时平均行驶八海里，如果一切运行正常，如果吹的是东南风，如果海面平静，我们可以战胜和上海相隔的这八百海里。"

"您什么时候可以出发？"

"一小时后。这段时间要用来买食物，做准备。"

"那就一言为定……您是船主吗？"

"是的，我叫约翰·班斯比，唐卡德尔号的船主。"

"您要我付定金吗？"

"如果这不得罪阁下的话。"

"这里是预付的两百英镑……先生，"费雷亚斯·福格转过身来对菲克斯说，"如果您愿意搭乘的话……"

"先生，"菲克斯坚定地回答，"我正要请您帮我这个忙呢。"

"好的。过半小时，我们上船。"

"可是那个可怜的小伙子……"阿乌达夫人说，万事通的失踪使她极其不安。

"我会尽量为他安排好。"费雷亚斯·福格回答。

正当菲克斯神经质地、焦躁狂怒地朝领航员的船走去，费雷亚斯·福格和阿乌达夫人正朝着香港警察局走去。那里，费雷亚斯·福格向警方报告了万事通的体貌特征，留下一笔钱，足够他回国。他在法国领事馆也办了同样的手续，雇了顶轿子回酒店拿行李，然后回到外港。

三点钟敲响了。四十三号领航船的船员都在船上，食物都装载上了，准备出航。

唐卡德尔号是一艘载重二十吨、有着迷人双桅的小帆船，前部夹紧，样式轻快，吃水线很长，好像一艘赛艇。铜制品闪闪发光，金属制品镀了一层锌，甲板像象牙一样白，表明船主约翰·班斯比擅长精心维护。两根桅杆略微后倾。船上还有后桅帆、前桅帆、前桅支索帆、三角帆和顶帆，顺风时可以装上前桅帆。它应该行驶得非常快，事实上，它已经在领航船的竞赛中得过不少奖。

唐卡德尔号除了船主以外，还有四个船员。正是这些勇敢的水手，在各种天气下，冒险去寻找船只，他们非常熟悉大海。约翰·班斯比，四十五岁左右，精力旺盛，晒得黝黑，目光敏锐，面容刚毅，镇定自若，业务精湛，连最胆小的人也会信任他。

费雷亚斯·福格和阿乌达夫人登上了船。菲克斯已经待在那里了。通过帆船的后舱口，他们下到一个正方形的房间，四面的墙边设置了帆布吊铺，下面放着圆形沙发。中间有一张桌子，被一盏左右摇摆的灯照亮着。房间很小，但很干净。

"我很抱歉没有更好的条件提供给您。"福格先生对菲克斯说，菲克斯欠了欠身，没有回答。

这样利用福格先生的善意帮助，警探似乎感到有些惭愧。

"毫无疑问，"他想，"这个浑蛋很有礼貌，但这依然是个浑蛋！"

三点十分，风帆升了起来。帆船斜桁上的英国国旗被风吹得呼呼作响。乘客们坐在甲板上。福格先生和阿乌达夫人朝码头看了最后一眼，想看看万事通是不是会出现。

菲克斯不是没有担心，生怕出于巧合，这个他设计陷害的小伙子被引到这个地方；那样的话就免不了一番解释，警探很难自圆其说。但是这个法国人并没有出现，无疑，使人头脑昏沉的麻醉物质仍然控制着他。

终于，船主约翰·班斯比驶出了海湾，唐卡德尔号鼓起了后桅帆、前桅帆和三角帆，驾浪出发了。

第二十一章

唐卡德尔号船主险些丢掉两百英镑赏金

乘坐一艘载重二十吨的小船航行八百海里，是一次冒险之旅，尤其在一年中的这个时节。中国的这些海域，通常相当险恶，常常狂风肆虐，尤其是在春分和秋分期间，而眼下正是11月初。

很显然，船主直接把旅客送到横滨会更有利，因为他每天的酬劳相当之高。但是，在这样的条件下渡海风险太大，去到上海已经是个大胆的行动，如果不说鲁莽的话。可是，约翰·班斯比信任他的唐卡德尔号，它像一叶锦葵那样漂浮在海浪上，也许他并没有做错。

当天的最后几小时里，唐卡德尔号全速航行在香港起伏不定的航道中，乘风破浪，可以说是一帆风顺。

"船主，"正当帆船驶入大海时，费雷亚斯·福格说，"不需要我吩咐您，尽一切努力快速行驶了吧。"

"阁下，包在我身上，"约翰·班斯比回答，"风帆都升起来了，我们借助了所有的风力。我们的顶帆不会起什么作用，只会打到小船，降低速度。"

"您是专业的，我不是，船长，我全指望您了。"

费雷亚斯·福格挺直了身子，双腿分开，像水手一样沉着冷静，望着波涛汹涌的大海，没有怨言。年轻女人坐在后面，凝望着暮色昏沉的大海，想到自己坐在脆弱的小艇上临危不惧，感到有些激动。她的头顶上，舒展着白帆，像巨大的翅膀把她送到空中。帆船乘风而行，仿佛在空中飞翔。

夜幕降临。一弯新月升起，朦胧的月色很快就要消逝在天际的雾气之中。云层从东方飘来，已经遮住了部分的天空。

船主早已经点亮了示航灯，这是在近海岸处航行经常采用的、必不可少的预防措施。遇到的船只不会少，以现在的行驶速度，稍稍撞上，帆船便会粉身碎骨。

菲克斯在船头沉思。他待在一边，知道福格生性寡言少语。再说，他也避免和这个人说话，毕竟他接受了别人的好意。他也在思索着今后的事情。在他看来，非常肯定，福格先生不会在横滨停下，他会立刻搭船去旧金山，到达美国，那片广袤的土地可以保证他的安全。费雷亚斯·福格的计划在他看来再简单不过了。

这个福格不在英国搭船到美国，而是像一般那些浑蛋们都会干的那样，绕了地球四分之三，为了更加安全地抵达美国，那里，他可以甩掉警察，安安心心地享用那从银行里偷来的巨额赃款。但是，一旦踏上美国的土地，菲克斯怎么办呢？放掉这个人？不行，绝对不行！直到他获得引渡的文件，他不会离开福格一步。这是他的职责，他会履行到底。不论如何，一个有利局面出现了：万事通不再跟着他的主人了，特别是在菲克斯吐露实情后，主仆二人不再见面变得尤为重要。

费雷亚斯·福格并不是不再想他的仆人，万事通消失得太奇怪了。他想来想去，觉得不是没有可能，这可怜的小伙子搞错了，在最后一刻登上了卡尔纳提克号。阿乌达夫人也是这么想，她非常留恋这个正直的仆人，他对她有救命之恩。所以他们指望可以在横滨重新看到万事通，如果卡尔纳提克号把他载到横滨，那就很容易知道他的下落。

将近十点钟，微风变得凉飕飕的。也许收帆是明智的做法，但是船主仔细观察过天气状况之后，决定让帆依旧扯着。再说，唐卡德尔号的帆稳稳地张着，吃水很深，一旦遇到暴风雨，一切都准备好迅速收帆。

午夜，费雷亚斯·福格和阿乌达夫人都下到了舱室。菲克斯比他们下去得早，躺在一个帆布吊铺上。至于船主和他的手下人，他们整夜待在甲板上。

第二天，11月8日，太阳升起时帆船已经走了一百多海里。测速仪时不时被抛到海里，测出来的平均时速在八九海里之间。唐卡德尔号受着后侧风的全力鼓动，在这样的状态下，达到最高速。如果这风保持不变，那就是老天爷有意成全。

唐卡德尔号一整天都没有明显远离海岸，海流对航行有利。它的左舷离岸边最多五海里，海岸的轮廓参差不齐，有时是通过一线青天显现出来。风从陆地吹来，大海也就没有那么波涛汹涌：情况对帆船有利，因为小吨位的船尤其要忍受海浪颠簸之苦，还会被海浪限制了航速，用航海术语来说，就是要"扼杀小船"。

将近中午，风减弱了，刮起了东南风。船主吩咐把顶帆升起来，但是两小时之后，便不得不把顶帆撤回，因为风又重新变强了。

福格先生和年轻女人都不晕船，胃口很好地吃着罐头食品和饼干。菲克斯被邀请共进午餐，他也只好接受，他知道自己需要填饱肚子，就和这船需要压舱物一样，但这真是让他窝火！花这个人的钱旅行，还吃他的食物，让他觉得太不光彩了。不过他还是吃了，虽然，就那么一丁点儿，但到底还是吃了。

然而，饭一吃完，他觉得他应该把福格先生叫到一边，于是他对福格说："先生……"

"先生"这个词像是磨破了他的嘴唇，他克制住自己，没有用手去揪这位"先生"的衣领！

"先生，您好意让我搭乘您租下的这条船。虽然我的财力不允许我像您那样出手阔绰，我还是想支付我那部分的船钱……"

"这不足挂齿，先生。"福格先生回答。

"可是，我还是坚持……"

"不，先生，"福格用不容分辩的语气又说了一遍，"这都在我的总预算之内！"

菲克斯屈服了，但他心里感到憋屈，走去躺在船头，整个白天一言不发。

船行驶得很快。约翰·班斯比满怀希望。他好几次对福格先生说，他们会准时到达上海。福格先生只是说，全靠他了。再说，小船全体成员都干劲十足。奖金激励着这些勇敢的人。因此，每根绳索都被拉得笔直！每张帆都被有力地紧绷了！掌舵的人没有一次被责备突然偏驶！在皇家游艇俱乐部的竞赛中，也找不到比他们操作更尽责的人。

这天晚上，船主从测航仪得知，从香港起，已经航行了两百二十海里，费雷亚斯·福格可以指望到达横滨时，不用记下任何延迟记录。因此，从伦敦出发以来，遇到的第一次严重的意外事故，可能并不会对他造成任何损害。

夜里，拂晓前的几小时，唐卡德尔号从北回归线进入了中国海岸和台湾岛之间的福建海峡。海峡的水流湍急，充满了逆流形成的漩涡。帆船很是吃力。短浪阻碍着它的前行。人很难在甲板上站稳。

随着天亮，风力又增强了。天空中眼看酝酿起一场风暴。此外，晴雨表显示要变天，其昼间走向很不规律，水银柱任性地上上下下。还可以看到海上朝东南方向掀起的长浪，"预示着暴风雨的来临"。前夜，太阳降落在红色的雾气中，隐没在粼光闪闪的大海里。

船主久久凝望着天空中的噩兆，牙缝中念念有词，但听不清在说什么。有时，他来到乘客边上。

"我可以对阁下说实话吗？"他低声说。

"尽管说。"费雷亚斯·福格回答。

"好吧，我们要遇上一场风暴了。"

"来自北边还是南边？"福格先生只是简单问了一句。

"来自南边。您看。台风已经蓄势待发了！"

"来自南边的风不碍事儿，因为它能推进我们的航行。"福格先生回答。

"您要是这么认为，我就无话可说了！"船主回答。

约翰·班斯比的预感没有错。在一年中的早几个月，根据一位著名气象预报员的说法，台风掠过时就像瀑布般洒下闪闪的电光，但在秋冬之间，台风就会毫无节制地肆虐而来，让人心惊肉跳。船主提前做好了准备。他让人收紧了所有的船帆，并把桅桁都收回到甲板上。顶帆的桅杆也降了下来。补助帆桁也被收了回来。舱门关得严严实实。这样，一滴水都不能渗进舱内。唯一的一面船艏三角帆，船帆结实，作为前桅支索帆升起来，以便利用后面吹来的风，保持帆船航行。大家等待着。

约翰·班斯比催促乘客下到舱里，但是，在这样一个狭小的空间，缺乏空气，加上海浪的颠簸，关在里头实在是不舒服。无论是福格先生、阿乌达夫人还是菲克斯本人，都不愿意离开甲板。

临近八点钟，一阵狂风暴雨落到船上。唐卡德尔号只有一小面三角帆，它像一片羽毛一般，被令人难以想象的狂风掀起，在暴风雨中苟延残喘。说船速相当于一个全速前进的蒸汽火车头速度的四倍，那都还是保守的说法。

整个白天，小船就这样向北行驶，被滚滚的巨浪推着跑，所幸它能和巨浪保持同速。多少次，它差点被船后涌起的山峰般的巨浪给吞没，但是都被船主一个灵活的转舵给化险为夷。乘客有时只能被动地接受浪花劈头盖脸的洗礼。菲克斯无疑牢骚满腹，但是勇敢的阿乌达两眼盯住她的同伴，忍不住赞美他的淡定，她也表现出与之相媲美的镇定自若，在他身边和风暴做着斗争。至于费雷亚斯·福格，这场台风看起来像是在他意料之中。

一直到那时为止，唐卡德尔号都是往北航行，但是将近傍晚，就像他们所担心的那样，风向转了二百七十度，变成了西北风。于是小船侧面对着海浪，颠簸得厉害。大海猛烈地拍击着它，令人不寒而栗，尤其是当大家不知道这艘船各个零部件之间的联结究竟有多牢固。

入夜了，风暴更加剧烈。约翰·班斯比看到黑暗降临，暴风雨也随着夜色的加重而愈演愈烈，他越来越焦虑。约翰·班斯比思忖着是不是要中途停靠一下，他征询船员的意见。

问过船员后，他走近福格先生说："阁下，我觉得我们最好找一个海岸的港口停靠。"

"我想也是。"费雷亚斯·福格回答。

"啊！"警探说，"但是哪个港口呢？"

"我只知道一个。"福格先生平静地回答。

"那么，是哪个呢？！……"

"上海。"

听到这个回答，船主先是愣了一会儿，没弄明白这是什么意思，但很快他便感觉到了其中饱含的固执和坚韧。于是他大声说："那么，好！阁下说得对！就去上海！"

于是，唐卡德尔号不可动摇地继续向北驶去。

真是个可怕的夜晚！如果帆船没有倾覆，那绝对是个奇迹了。有两次它已经倾侧，要不是系索系得紧的话，船上的一切都会被卷走。阿乌达夫人已经精疲力尽，但她丝毫没有一点抱怨。福格先生不止一次不得不冲向她，保护她免受海浪的冲击。

天又亮了起来。风暴变本加厉。不过，风向又转向东南。这是一个有利的变化，唐卡德尔号又重新在波涛汹涌的大海上按航路行驶，兴起的风掀起更多的海浪，互相撞击着。逆流产生的撞击会让建造得不那么坚固的小船粉身碎骨。

海岸线时不时地透过散开的雾气呈现出来，但是看不到一艘船。唯有唐卡德尔号承受住了大海的考验。

中午，出现了一点风浪平息的迹象，随着太阳下落到地平线，这种迹象就更明显了。

风暴的尾声依然猛烈。精疲力竭的乘客们，终于可以吃点东西，休息一下。

夜晚相对平静。船主吩咐缩帆。小船的速度依然相当可观。第二天，11日黎明时，海岸又显现出来，约翰·班斯比可以确定，离上海不到一百海里了。

一百海里，只剩下这一天来完成了！如果福格先生不想错过去横滨的邮船，他必须当天晚上就到达上海。如果没有这场风暴耽误了几小时，此刻他离港口就应该不到三十海里。

风明显缓和了下来，幸好海面也随之平静下来。小船挂满了风帆。顶帆、支索帆、三角帆，全都升了起来，大海在船头泛起阵阵泡沫。

中午，唐卡德尔号离上海不到四十五海里。离邮船发往横滨还有六小时，必须在这之前抵达港口。

船上的人们忧心如焚。他们愿意不惜一切代价抵达。所有人——当然除了费雷亚斯·福格——感到自己的心怦怦乱跳。小船必须保持每小时九海里的速度，而风却越来越弱！微风变幻无常，一阵一阵任性地从海岸吹来。微风轻拂，海面上的涟漪随着船的前行而消逝。

然而小艇非常轻便，高昂的风帆材质精良，完好地收集起了来自各个方向的微风，加上水流利于航行，六点钟的时候，约翰·班斯比估计离黄浦江只有不到十海里了，这座城市本身就坐落在河流入海口吴淞口之下[1]，至少十二海里的地方。

七点钟，离上海还有三海里。船主爆了一句粗口……两百英镑的赏金显然要落空了。他望着福格先生。福格先生面无表情，

1　原文是之上，但是就上海的地理位置而言，黄浦江入海口——吴淞口在上海市区的最北端。

而他全部的命运都悬在这一刻……

这时，一根长长的黑烟囱喷出一缕烟，出现在水面上。这是一艘准时离港的美国邮船。

"该死！"约翰·班斯比嚷道，他绝望地向后推了一把舵。

"发信号！"费雷亚斯·福格只说了一句。

唐卡德尔号的船头放着一架小型青铜炮。它原本是用来在大雾弥漫的天气发信号的。

这门炮装满了火药，正当船主用点燃的炭棒去点火时，福格先生说："下半旗！"

旗降下一半。这是遇难时的求救信号，他们期待美国邮轮看到后，改变一下航向，靠近小船。

"点火！"福格先生说。

小青铜炮在空中爆出一声轰响。

第二十二章

万事通很清楚，即便在地球的另一端，口袋里也要有点钱

卡尔纳提克号离开香港后，11月7日傍晚六点半，全速驶往日本领土。船上满载着货物和乘客。有两间后船舱空着，这是费雷亚斯·福格先生预订的船舱。

第二天早上，船头的人有点吃惊地看到一个乘客，目光有点呆滞，跌跌撞撞，头发乱蓬蓬的，从二等舱里出来，踉踉跄跄地在一个木排上坐下。

这个乘客就是万事通本人了。以下就是在他身上发生的事。

菲克斯离开大烟馆不久后，两个伙计抬起酣睡的万事通，把他放到给抽大烟的人准备的床上。但是三个小时之后，一个不变的念头一直在噩梦中追逐着万事通，他醒了过来，挣扎着想要摆脱麻醉剂的作用。没有完成的使命把他从昏昏沉沉中摇醒。他离开了这张烟鬼的床，跌跌撞撞地扶着墙壁，跌倒了又爬起来，始终在一种本能不可抑制的推动下，走出大烟馆，像在梦游一般地喊着："卡尔纳提克号！卡尔纳提克号！"

邮船正冒着烟，准备起航。万事通离邮船只有几步路之远。就在卡尔纳提克号起锚时，他冲上浮桥，越过舷门，神志不清地倒在船头。

几名水手，显然他们已经习惯了这种场面，把可怜的小伙子抬到一个二等舱的房间，万事通直到第二天早上才醒过来，这时离开中国大陆已经一百五十海里了。

这就是为什么，那天早晨，万事通出现在卡尔纳提克号的甲板，大口呼吸着海上的凉风。清新的空气使他头脑清醒了。他开始回想发生了什么，但几乎想不起来。最后，他记起了前夜的一件事，菲克斯的肺腑之言，还有大烟馆，等等。

"显然，"他心想，"我醉酒坏了大事！福格先生会怎么说呢？不论如何，我还是赶上这艘船了，这是最重要的。"接着，他想起菲克斯。

"至于这个人嘛，"他思忖，"我真希望我们能摆脱他，在他对我提出那样的要求之后，想来他也是不敢跟着我们上卡尔纳提克号了。一个警探，跟踪我的主人，指控福格先生在英国国家银行盗窃！去他的！福格先生如果是个窃贼，那我就是个杀人犯了！"

万事通该不该把这件事告诉他的主人？告诉他菲克斯在这件事情中所扮演的角色，真的合适吗？还是等到他们回到了伦敦，再告诉他有个首都警探一路跟着他环游了地球，再和他一起发笑，可能更好一些吧。不论如何，这个问题需要考虑一下。当务之急，是找到福格先生会合，并且跟他解释，让他原谅自己这次拙劣的行为。

万事通于是站起身来。大海波涛汹涌，邮船晃荡得厉害。这个好小伙子双腿哆哆嗦嗦，好不容易走到了船尾。

在甲板上，他没有看到任何人像他的主人，也没有人像阿乌达夫人。

"好吧，"他对自己说，"阿乌达夫人这时候还在睡觉。至于福格先生，他可能找到了一些惠斯特的牌友，根据他的习惯……"

说完，万事通下到客厅。福格先生不在那儿。万事通只有一件事要做：就是去问乘务长，福格先生待在哪间船舱。乘务长回答他，自己不知道有叫这个名字的乘客。

"请原谅，"万事通坚持说，"这是一位绅士，高大、冷淡、少言寡语，有一位年轻太太陪伴着……"

"我们船上没有年轻太太，"乘务长回答，"另外，这是乘客名单。您可以查一下。"

万事通查看着名单……他主人的名字不在上面。他像是感到一阵晕眩。然后一个想法掠过他的脑际。

"哎呀！我真的是在卡尔纳提克号上面吗？"他大喊道。

"是啊。"乘务长回答。

"在前往横滨的路上？"

"完全正确。"

万事通有那么一瞬间还担心乘错了船呢！但是如果他在卡尔纳提克号上，那么他确信，他的主人不在船上。

万事通跌坐在一把扶手椅上。简直是晴天霹雳。突然，他心中一片敞亮，他记起了卡尔纳提克号的提前起航，他本应该通知他的主人，但他却没有！所以如果福格先生和阿乌达夫人错过了船的起航时间，那都是他的过错！

他的过错，没错，但更是那个阴险的人在使坏，为了让他和他的主人分开，为了把他的主人留在香港，他把万事通灌醉了！他终于明白了警探的伎俩。眼下，福格先生想必是完蛋了，他打赌输了，被逮捕了，可能已经入狱了！……万事通想到这里，拼命地拽自己的头发。啊！一旦菲克斯落到他手里，一定要好好跟他算算这笔账！

终于，在最初的一阵崩溃之后，万事通又恢复了冷静，开始研究自己的处境。他发现自己的处境并不妙。这个法国人发现自己正在前往日本的路上。当然他会抵达日本，但是他要怎么返回呢？他两袖清风。口袋里一个先令也没有，一个便士也没有！不过，他的旅费和船上的伙食已经提前支付！他还有五六天用来想个办法。他在航行这段时间的吃喝，就不用描述了。他把他主人、阿乌达夫人和他自己的份额都吃回来了。他那吃相，仿佛他要去的日本是一个荒岛，什么食物都没有。

13日，早上涨潮的时候，卡尔纳提克号进入横滨港口。

这个港口是太平洋的重要停泊地，所有往返北美、中国、日本和马来西亚诸岛的轮船都在这里中途停靠。横滨位于东京湾内，它离江户这座大城市不远，是日本帝国的第二大首府，从前的征夷大将军[1]——这个日本世俗之皇尚存于世时，就曾在那里居住，它与日本天皇所居住的大城市京都相匹敌，按日本的宗教来说，天皇是天神的后裔。

卡尔纳提克号停靠在横滨的码头靠近防波堤和海关仓库，周围停满了各国的船只。

万事通毫无热情地踏上这片"太阳之子"的神奇土地。他无所事事，便随意溜达，在城市的大街小巷瞎看看。

1　征夷大将军：在日本历史上，原为大和朝廷为了对抗虾夷族所设立的临时高级军官职位。

万事通先是来到完全欧式的城区，房屋的正面很矮，装饰有优雅列柱支撑的游廊，纵横密布着街道、广场、船坞和仓库，包含了从条约岬角到江边的整个区域。这里如同在香港和加尔各答，各族人民熙熙攘攘：美国人、英国人、中国人、荷兰人，准备买卖的商人们，在这么多人中间，这个法国人感觉自己格格不入，仿佛是被扔到了霍屯督人[1]的土地一般。

万事通想到了一个办法：就是到法国或者英国驻横滨的领事馆去寻求帮助；但是他不想给人叙述自己的经历，这与他主人的事紧密相连，不到万不得已，他要再想想别的办法。

因此，在走完这个欧洲风格的城区之后，由于找不到任何机会，他只得走进日本区，他决心，如果有必要的话，一路走到江户。

横滨这个本地人居住的地方叫作"弁天"[2]，来自附近岛上居民信奉的一位女神的名字。这里可以看到栽种着杉树和雪松的迷人小径，一栋有着神像装饰大门的奇特建筑，几座小桥藏匿于竹林和芦苇之中，几座庙宇庇护在广袤而苍郁的百年雪松的枝叶下。还有一些寺院，寺院深处有佛教信徒和儒家的学徒深居简出，在

---

1 霍屯督人：非洲西南部的本土人的一支，如今这个称谓含有贬义。
2 弁天：也作"辩才天"女神，日本神话中的七福神之一，象征口才、音乐与财富的女神，是印度教女神辩才天女的日本形象。

望不到尽头的街道上，可以遇到一群群面色红润的孩子，好像是从日本屏风上裁下来的，他们在和短腿的鬈毛狗和浅黄色的无尾猫玩耍，懒洋洋的很是招人爱抚。

街上人头攒动，川流不息：敲着单调的手鼓列队行进的和尚，巡警，头戴镶嵌漆皮的尖顶帽、腰挎双刀的海关官员和警官，身穿蓝布白条纹军装、肩挎步枪的士兵，身穿丝质紧身短上衣外套护身甲的天皇卫兵，还有各种不同等级的军人——因为在日本，当兵是一项受尊敬的职业，不像在中国，那是被轻视的。此外，还有一些乞讨僧，穿长袍的朝圣者，普通老百姓，头发平滑，漆黑如乌木，脑袋硕大，上身长，两腿纤弱，身材不高，肤色从古铜的暗色到亚光的苍白，但绝不像中国人的黄色，这是中国人和日本人最截然不同的地方。最后，在马车、轿子、马、轿夫、篷车、漆布"日本古轿"、双人软轿、真正的竹轿子中间，可以看到有些并不算漂亮的女人，小脚迈着碎步，穿着布鞋、草编凉拖或者精工制作的木屐，长着蒙古褶的眼睛，胸部扁平，牙齿发黑，这是一种流行[1]，不过她们穿着优雅的民族服装"和服"，这是一种家常的长袍，用交叉的绸缎束住身体，宽宽的腰带在身后展开成一个夸张的结——现代巴黎女人似乎是从日本女

---

[1] 古代日本女人以染黑牙为美，这种习俗在明治时代（1868—1912）被禁止。

人那里借鉴了这种装束。

万事通在这鱼龙混杂的人群中晃荡了几个小时，也看够了稀奇古怪、琳琅满目的店铺，摆满了日本金银器赝品的集市，张挂着横幅标语和旗帜的"料理店"，但他却被禁止入内。还有茶馆，那里可以喝到大杯清香的热茶和"清酒"，那是大米经发酵后提取的溶液。还有那些舒适的烟馆，那里吸的是精细的烟草，而不是鸦片，吸食鸦片这样的事情在日本可以说是闻所未闻。

然后万事通来到了田野，处在广阔的稻田之中。那里怒放着鲜艳夺目的山茶花，不是长在灌木丛上，而是长在树上，正展现出它们最后一抹绚丽和芬芳。在竹篱围住的园子里，有樱桃树、李子树、苹果树，与其说当地人种它们是为了采摘果子，不如说是为了看它们开的花，还有做着鬼脸的稻草人，咯吱叫的旋转栅门，都是用来驱赶麻雀、鸽子、乌鸦和其他贪吃的飞禽的。巍然耸立的雪松，无不栖息着巨鹰；忧伤地单脚栖息的鹭鸶无不被垂柳叶荫蔽着；最后，到处都有小嘴乌鸦、鸭子、雀鹰、大雁和大量的仙鹤，日本人称之为"老爷"，对他们来说，仙鹤象征着长寿和幸福。

万事通这样游荡着，看到草丛中有几株紫罗兰。

"好吧，"他说，"这就是我的晚饭了。"

但是他闻了闻，发现没有任何香气。

"真不走运！"他想。

诚然，正直的小伙子有先见之明，在离开卡尔纳提克号之前，已经吃饱喝足；但是经过一天的晃悠，他感到肚子空空如也。他已经注意到，当地的肉铺架子上，绝对没有山羊肉、绵羊肉和猪肉，又因为他知道宰牛在日本是亵渎圣物，因为牛都被留作耕地之用，由此他得出结论，日本肉食很少。他没有搞错，但是尽管肉铺缺肉，他的胃却非常需要野猪肉、鹿肉、松鸡肉或者鹌鹑、家禽、鱼肉来调节一下，日本人除了吃米食以外，几乎只吃这些肉类。可是他只能逆来顺受，等到第二天再来解决饮食问题。

入夜了。万事通回到城里，在点缀着五颜六色灯笼的街上溜达，观看一群群街头艺人施展他们的绝技，还有占星家们在街头招揽人群来看他们的望远镜。然后他又看到了锚地，渔火星星点点，点燃的树脂引来了鱼群。

终于，街上的人少了。巡逻警察代替了人群。这些官员穿着漂亮的制服，后面跟着随从，看起来像一个个大使，万事通每当看到炫目的巡逻队，就会揶揄地重复说："好啊！又一个日本大使团要出使欧洲了！"

第二十三章

万事通的鼻子伸得太长了

第二天,万事通精疲力竭、饥肠辘辘,心想必须不惜一切代价吃点东西,而且越早越好。他有一个办法,那就是卖掉自己的手表,可是他宁愿饿死也不会这么做。对于这个正直的小伙子来说,上天赐予了他即便不算动人但也洪亮的歌喉,此时不用,更待何时。

他会唱几首法国和英国歌曲,他决定试一试。日本人应该都是音乐爱好者,因为他们这里什么事都要敲锣打鼓,那么他们应该也可以欣赏一个欧洲才子的天赋。

不过现在组织一场音乐会,可能时辰还早了一些,这些艺术爱好者们出乎意料地被吵醒的话,应该不会付给卖唱者有天皇头像的钱币。

万事通于是决定等待几个小时。他一面走着，一面思索着，对于一个流浪艺人来说，他穿得似乎太好了，于是他想到，应该换一套更适合他处境的旧衣服。再说，换衣服想必会得到一点钱，马上就能用来满足他的胃口。

　　主意已定，剩下的就是实施了。万事通找了好久，才发现了一家当地的旧货商，他提出了自己的要求。旧货商很喜欢欧洲的衣服，不一会儿，万事通就穿上了一件日本的旧长袍，戴上了一种凸纹的包头布，由于时间久了，已经褪了色。但是，回来的路上，他口袋里有了几枚硬币当啷作响。

　　"好啊，"他想，"我感觉自己简直是在过狂欢节呢！"

　　这样"变成了日本人"的万事通，最关心的事，就是走进一家门面朴素的"茶馆"，在那儿要了一点儿家禽肉和几个饭团，就像一个晚饭都没有着落的饿汉一般吃了起来。

　　"现在，"他饱餐之后心想，"关键是脑子要清楚。我再也没办法卖掉这件旧衣服，去换另一件更加日本化的衣服了。所以必须尽快离开这个太阳帝国，它留给我的回忆真是太糟糕了！"

　　万事通于是想去看看开往美国的邮船。他想着自荐当厨师或者仆人，至于酬劳，只要能让他搭船，并且包他伙食就好。一旦到达旧金山，他就能想办法摆脱困境。重要的是，穿越日本和新大陆之间四千七百海里的太平洋。

万事通绝不是那种优柔寡断的人，他朝横滨港口走去。但是随着他越来越接近码头，他原本以为简单的计划，在他看来却越来越难以执行了。为什么一艘美国邮轮上会突然需要一个厨师或者仆人呢？而且，他穿成这个样子，能博得别人的信任吗？有什么对自己有利的推荐呢？自己能出示什么证明呢？他正这么想着，目光落在一幅巨大的海报上，一个小丑一般的人正拿着它在横滨的街上走来走去。海报用英语这样写着：

CIRCLE

尊敬的威廉·巴图卡尔率领的
日本杂技团
赴美国之前
最后几场演出
长鼻子——长鼻子
在天狗[1]神本尊保佑下
精彩纷呈！

1　天狗Tengu，是日本传说中的一种生物，民间信仰为妖怪。一般认为，天狗有又高又长的红鼻子与红脸，姿态傲慢。传说天狗会拐走迷失于森林里的人，被封为"道祖神"之一。

"美国！"万事通大喊，"正中下怀！……"

他跟着拿海报的人，跟着跟着就回到了日本人的聚集区。一刻钟以后，他停在一个宽大的茅屋前，屋顶上飘扬着几束燕尾旗，外墙上张贴着所有杂技演员色彩鲜艳的画像，但没有背景。

这就是尊敬的巴图卡尔的机构所在地，这是美国的巴纳姆[1]式的人物，作为剧团经理人的他，还同时担任了其中的跳板演员、杂耍演员、小丑、杂技演员、平衡技巧演员、体操演员，海报上说，在离开太阳帝国赴美之前，要进行最后几场演出。

万事通走进大屋子前面的柱廊，要求见巴图卡尔先生。巴图卡尔先生亲自出来了。

"您有什么事？"他对万事通说，他一开始还把万事通当成了本地人。

"您需要仆人吗？"万事通问。

"仆人，"巴图卡尔先生将着下巴底下浓密的花白胡子，大声说，"我有两个，非常听话，也很忠诚，从不离开我，而且连报酬都不要，只要食宿……""就是他们俩。"他又加了一句，一边伸出两条强壮的胳膊，上面纵横呈现出条条青筋，像低音提

1　菲尼尔司·泰勒·巴纳姆（Phineas Taylor Barnum，1810—1891）：是美国企业家，从经营博物馆，到1871年建立了世界大马戏团，他的马戏团充满令人不可思议的神奇展品，比如六十厘米高的汤姆·拇指将军。

琴琴弦那么粗。

"这样的话，我对您就毫无用处了吗？"

"毫无用处。"

"见鬼！本来我是很想和你们一起走。"

"啊，这样！"尊敬的巴图卡尔先生说，"您要是日本人的话，我就是一只猴子了！您干吗穿成这个样子？"

"我这当然是按身份来穿！"

"这样，倒也是。那么您，是法国人吗？"

"是的，巴黎来的地道巴黎人。"

"所以，您大概懂得做鬼脸吧？"

"天哪，"万事通回答，看到自己的国籍竟然引来这个问题，心里很是恼火，"的确，我们法国人，太知道怎么扮鬼脸了，但是还没有美国人厉害！"

"您说得对。好吧，我不聘请您当仆人，但我可以聘请您当小丑。您知道，好小伙儿，在法国，人们推出外国滑稽演员，但是在外国，大家喜欢看法国滑稽演员！"

"啊！"

"您精力充沛吧？"

"尤其在吃完饭之后。"

"您会唱歌吗？"

"会。"万事通回答，他在街头音乐会演唱过。

"但是，您能在唱歌时头朝下，左脚掌上转动一只陀螺，右脚掌上架一把刀，还要保持平衡吗？"

"当然！"万事通回答，他想起小时候受过的训练。

"您看，这就是我要您干的！"尊敬的巴图卡尔先生回答。合同当场就签订了。

终于，万事通找到了一份工作。他被规定在著名的日本剧团里打杂，什么活儿都干。这并不是什么让人高兴的事儿，不过一星期后，他就可以前往旧金山了。

尊敬的巴图卡尔大张旗鼓宣传的演出，应该在三点钟开始。不久，日本乐队出色的乐器，鼓和铜锣，在门口敲响。我们都知道，万事通还没来得及好好研究一个角色，但是他要凭借他结实的肩膀在天狗的长鼻子表演的"叠罗汉"大戏中作支撑。这场"精彩纷呈"的演出是压轴戏。

三点钟之前，观众已经涌进杂技场。欧洲人、中国人、日本人，男男女女和孩子们纷纷冲向狭窄的长凳和面对舞台的包厢。乐师也回到内场，整个乐队，铜锣、锵锵鼓、响板、笛子、鼓手、大鼓，疯狂地演奏起来。

这场演出把所有杂技表演该有的都展现了出来。应该承认，日本人是世上头号平衡高手。一个演员手里拿着一面扇子和碎纸片，优雅至极地甩出了蝴蝶和花朵。另一个用他的烟斗吐出清香的烟雾，在空中迅速写出一连串浅蓝色的字，向全体观众致敬。这一个，用点燃的蜡烛耍把戏，蜡烛掠过他的嘴唇前时，他把它们相继吹灭，又一支支点燃，却一刻都没有中断。那一个用旋转的陀螺进行不可思议的组合；在他手中，这些轰响的玩意儿仿佛在无止境的回旋中，有了自己的生命；它们跑到烟管上、刀刃上、铁丝上，那些铁丝细得就跟头发丝一样，从舞台一端悬挂到另一端；它们绕着硕大的水晶花瓶转圈，它们爬上竹梯，然后分散到各个角落，发出不同的声响，奏出奇特而和谐的效果。杂技演员们不断把玩着它们，它们在空中旋转。演员用木拍把它们像羽毛球一样抛掷出去，它们飞转不止；他们把陀螺装进袋子里，再抽出来时仍然在转——直到推动力缓和，它们便像一束束烟花一般绽放开来！

用不着在这里描绘剧团里杂技和体操演员的精湛技艺。竹梯、竹竿、球和桶等的杂技表演都演绎得极为精准。但是表演中最具吸引力的，是那些"长鼻子"的演出，他们是惊人的平衡高手，欧洲人还没见识过。

这些长鼻子组成了一队直接受天狗神保佑的特殊行会。他们穿得像中世纪的传令官[1]，肩膀上有一对华丽的翅膀。但是使他们

---

1 传令官：中世纪的一种武官，主要负责宣布一些庄重的指令，或者传递重要信息。穿着专门的无袖短袍。

有别于其他演员的地方，是他们脸上装饰的长鼻子，尤其是他们还要用长鼻子来表演。这些鼻子是竹子做的，长五六英尺，甚至十英尺，有的笔直，有的弯曲，有的光滑，有的多结。然而，就是在这些结实固定的长鼻子上，他们完成所有的平衡动作。十来个天狗神的信徒平躺在地上，他们的伙伴们在他们像避雷针一样直挺挺的鼻子上跳动着，飞跃着，从这个鼻子跳到那个鼻子，做着最令人难以置信的动作。

特别向观众宣布的压轴戏，是叠罗汉。五十来个长鼻子要摆成"雅格诺特战车"[1]的造型。但是，尊敬的巴图卡尔的这些艺术家们，不是用他们的肩膀来作支撑，而是要用他们的鼻子。可是，由于最底下一排有一位演员离开了剧团，这个位置的人需要健壮又灵活，于是万事通就被选来作为替补。

显然，当这个高尚的小伙子穿上中世纪的戏服，装上五颜六色的翅膀，脸上还装上一个六英尺长的鼻子时，他感觉自己很可悲，因为这让他想起自己早年的悲惨经历！但毕竟，这个鼻子是他的饭碗，他打定主意接受。

万事通进入舞台，和他扮演雅哥诺特战车底座的同事们排在一起。他们全部平躺在地上，鼻子竖向空中。第二层的演员躺

1　雅格诺特战车（Juggernaut）：印度神，拥有无可阻挡的力量，摧毁一切挡在它前进路上的障碍物。在英语中，这个单词表示"世界主宰""强大的破坏力"。

在他们的长鼻子上，第三层演员叠在上面，然后是第四层，就这样，只是踩在长鼻子的尖尖上，一座人造纪念碑一直升到舞台顶部的横幅帷幕。

掌声热烈地响起，乐队演奏像打雷一样爆发，这时，金字塔摇晃起来，平衡被打破了，底座的一个鼻子突然失误，人塔犹如纸牌搭成的城堡一般，轰然倒塌……

这是万事通的错，他离开了他的位置，没有扇动翅膀就飞过舞台上的栏杆，爬上右边的长廊，倒在一位观众的脚下，大喊道："啊！我的主人！我的主人！"

"是你？"

"是我！"

"好！这样的话，去邮船上吧，我的小伙子……"

在福格先生、阿乌达夫人的陪伴下，万事通经过走廊，冲到杂技场外面。可是在那里，他们遇到了尊敬的巴图卡尔，他气呼呼地要求这次"砸场"的赔偿金。费雷亚斯·福格扔给他一沓钞票，平息了他的愤怒。六点半，美国邮船就要起航，福格先生和阿乌达夫人登船了，后面跟着万事通，他的背上插着翅膀，脸上装着六英尺长的鼻子，他还没来得及把"长鼻子"从脸上取下来呢！

第二十四章

横渡太平洋

关于抵达上海的事情，大家已经知道了。唐卡德尔号发出的信号已经被开往横滨的邮船看到。船长看到一艘下半旗的船，便朝小船开去。不一会儿，费雷亚斯·福格按照讲好的价钱结清了船费，往约翰·班斯比的口袋里塞进了五百五十英镑（一万四千七百五十法郎）。然后，尊敬的绅士、阿乌达夫人和菲克斯登上了轮船，这艘船马上就开往长崎和横滨。

11月14日上午就抵达了目的地，和预期的时间一样。费雷亚斯·福格留下菲克斯处理自己的事情，自己登上了卡尔纳提克号。在船上，他了解到法国人万事通实际上已经在前夜抵达横滨，阿乌达夫人喜出望外——或许他也一样，不过至少他没有表现出来。

费雷亚斯·福格当天晚上就要乘船去旧金山，他决定马上去找他的仆人。他询问了法国和英国警察，但都是徒劳。一无所获地跑遍横滨的大街小巷后，他对重新找到万事通感到绝望，这时，出于偶然，也可能是出于某种预感，他走进了尊敬的巴图卡尔的杂技场。当然，因为穿着中世纪传令官的奇怪服饰，他一点都没有认出他的仆人；但是，万事通在躺着的时候，看到了长廊里他的主人坐在那里。他没法约束住自己鼻子的动作。人塔就此失去了平衡，便有了后来的事。

万事通从阿乌达夫人口中得知，他们是如何在菲克斯的陪伴下，坐着唐卡德尔号，从香港来到横滨的。

听到菲克斯的名字，万事通连眉头都没皱一下。他觉得还不是时候跟他的主人说他和警官之间发生的事情。所以他叙述自己的经历时，他只是自责在香港的大烟馆里被鸦片迷醉了。

福格先生冷静地听着他的叙述，没有回答；然后，他给了仆人一笔钱，足够在船上买到更加合适的衣服。不到一小时，正直的小伙子就卸下了他的鼻子，拆掉了翅膀，再没有什么能让人想起天狗的信徒了。

从横滨开往旧金山的邮船属于太平洋邮船公司，取名格兰特将军号。这是一艘带转轮、载重两千五百吨的大轮船，设备先进，速度很快。甲板上方竖着一支蒸汽机杠杆，一刻不停地升降着；它的一端连着活塞柄，另一端连着传动杆，把直线运动转成圆周运动，直接推动转轮的轴。格兰特将军号是一艘三桅帆船，船帆面积很大，有力地支援着蒸汽。邮船时速十二海里，横渡太平洋只需不到二十一天。费雷亚斯·福格有理由相信，12月2日到达旧金山，11日到达纽约，20日到达伦敦，——在12月21日的最后期限之前几小时，提前到达。

轮船上乘客众多，有英国人，很多美国人，一大批到美国做苦力的移民，还有一些利用假期环游世界的印度军队里的长官们。

这次航行期间，没有发生任何海上事故。邮船在宽大的转轮推动下，又加上有力的风帆支持，鲜少颠簸。太平洋果然名副其实地太平。福格先生和平常一样平静，不多话。他年轻的伴侣感觉自己越来越依赖这个男人，出于感激，还有一些其他的原因。这个生性沉静，总而言之，又如此慷慨大方的人，比她想象的还要打动她，她几乎是不知不觉地任凭感情发展，而那个谜一般高深莫测的福格先生看起来完全不受其影响。

此外，阿乌达夫人对绅士的计划出奇地感兴趣。她担心可能出现损害旅行计划的障碍。她常常和万事通聊天，而他从她的话中，也读懂了阿乌达夫人的心思。这个正直的小伙子，现在对他的主人有着煤炭商一般的狂热信仰；他没完没了地赞扬费雷亚斯·福格的正直、慷慨和舍己为人的精神。接着，他让阿乌达夫人对旅行的结果放心，一再重复说最困难的部分已经过去了，他们已经走出了中国和日本这两个神奇的国家，马上又要返回美洲了。最后，坐火车从旧金山到纽约，再从纽约横渡大西洋到伦敦就可以了，无疑足以在约定的时间内完成这次不可思议的环游旅行。

离开横滨九天后，费雷亚斯·福格正好环游了半个地球。

格兰特将军号在11月23日确实穿越了一百八十度子午线，在北半球，处于伦敦的对蹠地。福格先生有八十天，已经利用了五十二天，他还剩下二十八天多一点可以利用。但是必须注意到，绅士只是在"子午线的区分上"完成了一半的路程，其实他完成了超过全程三分之二的距离。从伦敦到亚丁，从亚丁到孟买，到加尔各答，再到新加坡，最后从新加坡到横滨，他绕了多少弯路啊！如果他绕着伦敦所在北纬五十度线走，环球一周大约只有一万两千海里的距离，然而费雷亚斯·福格由于运输工具无法预料的原因，不得不走了两万六千海里，直至11月23日，他走了一万七千五百海里左右。不过，现在他走的是直线了，而且菲克斯也不在那里制造障碍了！

11月23日这一天，万事通感到欣喜若狂。大家还记得，这个固执的小伙子执拗地保持着他家传怀表上的伦敦时间，认为他经过的每个国家的时间都是错误的。但是这一天，虽然他没有拨快也没有拨慢他的表，可是他发现他的表和船上的钟，时间一致。

如果万事通扬扬得意，那是可以理解的。他很想知道，菲克斯如果在场的话，会说什么。

"这家伙对我说了一大堆关于子午线、太阳、月亮的鬼话！"万事通一再说，"哼！这些人！要是听了他们的话，还不知道会把我的钟弄成怎样！我就知道，总有一天太阳会根据我的表来调整时间的！"

万事通不知道这一点：如果他的表面也像意大利时钟一样分成二十四小时的话，他便没有任何理由沾沾自喜了，因为船上的钟指的是早上九点，而他的手表则会指在晚上九点，也就是说，从午夜开始的第二十一个点——正如伦敦和一百八十度子午线之间存在的时间差。

可是，即使万事通能够解释这个纯粹物理学的结果，甚至可以理解的话，至少他也不愿意承认。不论如何，如果警探此刻真的出人意料地上了船的话，万事通虽然怀恨在心，但很有可能还是会用截然不同的方式，和他谈论毫不相干的事情。

可是，此刻菲克斯在哪儿呢？

菲克斯就在格兰特将军号上面。

其实，警探一到达横滨，就直奔英国领事馆，他扔下福格先生，怀着当天还会再见到他的希望。他在英国领事馆终于拿到了那张从孟买就追着他跑了四十天的逮捕令——逮捕令就是通过这艘卡尔纳提克号从香港寄出的，警方以为他在船上。可以推断警探有多么失望！逮捕令变得毫无用处！福格先生已经离开了英属领地！要逮捕他，如今必须有引渡文件！

"算了！"菲克斯在最初的一阵怒气之后，心想，"我的逮捕令在这里的确作废了，但是回到英国还是有用的。这个浑蛋看来自以为摆脱了警察，要回到他的祖国了吧。很好。我就跟他回去。至于赃款，天知道还剩下多少！旅费、赏金、诉讼费、保释费、买大象以及各种各样的费用，这个家伙已经在路上花掉五千多英镑了。毕竟，银行是很有钱的！"

拿定主意后，他立即登上了格兰特将军号。福格先生和阿乌达夫人到达的时候，他已经在船上了。令他大跌眼镜的是，他认出了身穿中世纪传令官服饰的万事通。他立刻躲到了自己的船舱里，避免可能坏事的解释——由于乘客人数多，他指望着不要被他的敌人发现，而这一天，他恰好在船艏和万事通碰了个正着。

万事通二话不说，立刻跳上前去掐住菲克斯的脖子，有些美国人乐开了花儿，立刻打赌他会赢，因为他给可怜的警探一阵漂亮的连击，证明了法式拳击比英式拳击来得高明。

万事通发泄完后，平静下来，像是松了口气。菲克斯爬起来，狼狈不堪，看着对手，冷冷地说："打完了吗？"

"眼下是的。"

"那么过来跟我谈谈。"

"我……"

"为了您主人好。"

万事通仿佛被他的冷静制服了，跟着警探，两个人坐在船头。

"您打了我一顿，"菲克斯说，"好吧。现在，听我说。到现在为止，我都和福格先生对着干，但是现在，我站到他这一边。"

"终于！"万事通大喊，"您相信他是个正派人了吧？"

"不，"菲克斯冷冷地答道，"我认为他是个浑蛋……嘘！别动，让我说完。当初福格先生在英国领地，我要尽可能地拖住他，为了等待我的逮捕令到来。我为此绞尽了脑汁。我教唆孟买的僧侣指控他，我还把您灌醉在香港，我把您和您的主人拆散，我让他错过横滨的邮船……"

万事通听着，握紧了拳头。

"现在，"菲克斯又说，"福格先生看起来是要回英国了？好，我跟着他。但是，今后我会帮助他排除路上的障碍，就和我至今给他制造障碍一样精心和热诚。您看，我的手法变了，这种改变也是为了我自己的利益所需。我再说一句，您的利益和我的利益一样，因为只有在英国，您才能知道您是服务于一个罪犯，还是一个正直的人！”

万事通聚精会神地听着菲克斯说话，他深信菲克斯是绝对真诚地在说这番话。

“我们是朋友吧？”菲克斯问道。

“朋友，算不上，”万事通回答，“盟友，是的，不过有待核实，要是有一点点背信弃义的迹象，我就把您的脖子给拧断。”

“一言为定。”警探平静地说。

十一天之后的12月3日，格兰特将军号驶入了金门湾，到达旧金山。

福格先生既没有提前也没有迟到一天。

第二十五章

旧金山一瞥，集会的日子

时间是早上七点，费雷亚斯·福格、阿乌达夫人和万事通踏上了美洲大陆——如果可以把他们上岸的浮坞称作大陆的话。这个浮坞随着潮水涨落，方便船只装卸货物。这里停泊着大大小小的游艇、各国的轮船，以及服务于萨克拉门托河和它的支流的多层轮船。那里也堆积着运往墨西哥、秘鲁、智利、巴西、欧洲、亚洲和太平洋列岛的货物。

万事通很高兴终于踏上了美国的土地，觉得应该翻一个最漂亮的空心斗，跳上码头。但是，当他落到木头已经被蛀蚀的码头时，他差一点踩空。"踏上"新大陆的方式这么狼狈，正直的小伙子发出一声大叫，惊飞了一大群浮坞的常客——鸬鹚和鹈鹕。

福格先生随即上了岸，打听开往纽约的第一班火车几点发车。是在傍晚六点。这样，福格先生有一整天可以花在加利福尼亚的首府[1]。他为阿乌达夫人和自己叫来了一辆马车。万事通跳上前面的位置，马车耗费三美元，直奔国际酒店。

万事通坐在高高的位置上，好奇地观察着这座美国的大城市：宽阔的街道，整齐排列的矮房子，盎格鲁-撒克逊民族哥特式的教堂和庙宇，巨大的码头，像宫殿一般的仓库，有的是木头盖的，有的是砖头搭的；街道上车水马龙，有公共马车、有轨电车，人行道上挤满了人，不仅有美国人和欧洲人，还有中国人和印度人——总之居民人口超过二十万。

万事通对眼前所见非常吃惊。1849年，这里还是一个传说中的城市，强盗、纵火犯、杀人犯为寻找金矿而来，云集了所有失去社会地位的人，他们一手拿着左轮手枪，一手拿刀，赌着金粉。可是，这"美好的时代"已经过去了。旧金山如今俨然成了一个巨大的商贸城市。有门卫守夜的市政厅的高楼，俯瞰着所有成直角拐弯的大街小巷，街道间郁郁葱葱的广场星罗棋布，还有个中国城，仿佛是装在玩具盒里，从天朝运过来的。再也没有阔边毡帽，也没有淘金者流行的红衬衫，不再有插羽毛的印第安人，而是只有一些绸缎帽和黑衣服，穿成这样的是一大群生性贪

1　加州的首府：萨克拉门托市于1854年成为加州的首府。此处可能作者误用了，根据上下文，此处本意应该指旧金山。

得无厌的绅士们。有些街道，比如蒙哥马利街——相当于伦敦的摄政街、巴黎的意大利人大街和纽约的百老汇大街——两边布满绚丽辉煌的商店，陈列出全世界各地的产品。

万事通来到国际酒店后，感觉自己没有离开英国。

酒店的底楼是一间宽敞的"酒吧"，为旅客提供免费的自助餐。肉干、牡蛎汤、饼干和柴郡干酪散放在那里，消费者都不用解开自己的钱包。如果来了兴致想要喝点东西，也只需要支付饮料钱，也就是英国淡色啤酒、波尔图葡萄酒或者赫雷斯白葡萄酒的钱。万事通觉得这种方式"非常美国"。

酒店的餐厅相当舒适。福格先生和阿乌达夫人坐在一张桌子旁，由几个长得十分标致的黑人端上一小碟一小碟的菜，相当丰盛。

午饭之后，费雷亚斯·福格在阿乌达夫人的陪同之下，离开了酒店，前往英国领事馆办理签证。在人行道上，他遇上他的仆人，万事通问他，在搭乘太平洋铁路公司的火车之前，是不是需要买上十来支英菲尔德牌卡宾枪或者柯尔特牌左轮手枪。万事通听说印第安人中的西乌人和波尼人会和普通的西班牙强盗一样，拦截火车。福格先生回答说这种小心没什么用处，但是他让万事通自己决定，只要他看着合适就好。于是他走向英国领事馆。

费雷亚斯·福格走了不到两百步，"简直是天大的机缘巧合"，遇上了菲克斯。警探表现出一脸的震惊。怎么！福格先生和他一起渡过太平洋，而他们却没在船上相遇！不管怎么样，菲克斯再次看到绅士万分荣幸，他欠了绅士那么大的人情。他有事要回到欧洲，很高兴能有这么令人愉快的旅伴和他一起继续后面的行程。

福格先生回答，他也很荣幸，菲克斯一心要紧紧盯住他，便向他提出一起参观旧金山这座神奇的城市。福格同意了。

就这样，阿乌达夫人、费雷亚斯·福格和菲克斯在街上闲逛。很快他们来到蒙哥马利大街，那里行人多得摩肩接踵。人行道上、马路中间、电车轨道上，尽管不断有小轿车和公共马车穿梭往来，还有在商店门前、每家每户的窗户边，甚至在屋顶上，到处都是不计其数的人。有些前胸后背挂着告示的人，穿插在人群中间。旗帜和横幅标语在风中飘扬。四面八方响起了喊声。

"卡梅菲尔德万岁！"

"曼迪博伊万岁！"

这是一场集会。至少，菲克斯是这么想的，他把他的想法告诉福格先生，还加了一句："先生，我们最好不要掺和到这群人中间。除了挨揍没什么别的结果。"

"事实上，"费雷亚斯·福格回答，"如果这是出于政治原因的拳头，那就称得上是真正的拳头了！"

菲克斯听到这种观点，认为应该笑一笑，为了不被卷入斗殴中，阿乌达夫人、费雷亚斯·福格和他在一个楼梯高处的平台上站定，楼梯通往一个俯瞰蒙哥马利大街的露台。他们面前，街道的另一端，在一个运煤码头和一个石油商的仓库之间，搭起了一个宽大的桌子，看起来，鱼龙混杂的人群正涌向那里。

为什么现在要集会呢？这是什么日子呢？费雷亚斯·福格一无所知。是要任命一个高级军官或者文职官员，一个政府高官或者国会议员吗？整座城市异乎寻常地沸腾，让人浮想联翩。

这时候，人群中掀起一阵骚动。人人都把手举向了空中。有些人握紧了拳头，拳头仿佛高高举起，很快又在喊声中落了下来——这是表达力量的方式，无疑是在举行投票选举。人潮此起彼伏，充斥着阵阵骚动。旗帜在摇晃，一会儿消失了，一会儿又破破烂烂地重新出现。人群涌到了楼梯旁，人头攒动，仿佛突然被暴风雨掀起浪潮的海面。一眼望去，黑帽子的数量减少了，大部分的帽子看起来失去了它们正常的高度。

"很显然这是一次集会，"菲克斯说，"开会涉及的问题应该是扣人心弦的。如果这依然是关于阿拉巴马事件，我不会感到任何一点惊讶，虽然它已经得到了解决。"

"或许吧。"福格先生简单地回答了一句。

"不论如何，"菲克斯又说，"有两个重要人物针锋相对，一个是可敬的卡梅菲尔德先生，另一个是可敬的曼迪博伊先生。"

阿乌达夫人挽着费雷亚斯·福格的手臂，惊奇地望着这乱哄哄的场面，菲克斯正想问一个旁人，老百姓沸沸扬扬的原因，这时又爆发了一阵更加激烈的骚动。欢呼声夹杂着咒骂声，越发加强了。旗杆变成了攻击的武器。举起的手更多了，到处都是握紧了的拳头。从停下的马车和半路故障的公共马车的高处看来，满眼都是交错来往的拳打脚踢。一切都可以用来作为投掷物。靴子和鞋子在空中画出长长的抛物线，看来甚至有几声枪响混杂在人群的咒骂中。

骚动的人群接近楼梯，涌上了头几级的阶梯。其中有一派的人明显受压，但是普通的看客看不出优势属于曼迪博伊派还是卡梅菲尔德派。

"我想我们还是离开为妙，"菲克斯说，他生怕"他的那个人"挨揍或者发生什么不好的事情，"如果事情和英国有关，我们会被认出来，然后在殴打中吃苦头的！"

"一个英国公民……"费雷亚斯·福格回答。

可是绅士还没有说完，从他身后楼梯前的露台上，爆发出可怖的喊声。人群嘶吼着："好啊！好！好！支持曼迪博伊！"这群选民是来增援的，从侧面向卡梅菲尔德的拥护者发起攻击。

福格先生、阿乌达夫人、菲克斯处在交火双方的中间。要脱身已经为时过晚。这股人潮拿着铁棍和头上包了铅的短棍，势不可当。费雷亚斯·福格和菲克斯保护着阿乌达夫人，被挤得东倒西歪。福格先生像平时一样冷静沉着，用上天赐予所有英国人的强健的手——这种天然武器来自我防卫，但是也无济于事。一个红胡子、面色红润、肩膀宽阔的大汉看起来是这群人的首领，向福格先生举起了他巨大的拳头，要不是菲克斯出于献身精神替他挡了这一拳，绅士就要被打得重伤了。警探的绸缎帽子已经变形成了无边软帽，帽子下面立刻凸起了一个大肿块。

"美国佬！"福格先生说，用充满鄙夷的眼神瞥了对手一眼。

"英国佬！！！"对方回答。

"我们会再见面的！"

"随时恭候。您的大名？"

"费雷亚斯·福格。您的呢？"

"斯坦普·W.普罗科托上校。"

说完，人潮就涌了过去。菲克斯被推翻在地，又爬起来，衣服也被撕破了，但伤势不算严重。他的外套被撕成不对称的两半，他的裤子好像有些印第安人穿的短裤——出于时髦，只有事先把后裆拆了才肯上身穿着。好在阿乌达夫人总算安然无恙，只有菲克斯挨了一拳。

"谢谢。"离开人群后，福格先生对警探说。

"没什么，"菲克斯回答，"来吧。"

"去哪儿？"

"找家服装店。"

确实，去服装店正是时候。费雷亚斯·福格和菲克斯的衣服都被撕破了，仿佛这两个绅士也为可敬的卡梅菲尔德和曼迪博伊打过架似的。

一小时后，他们穿戴得体，打扮整齐，然后回到了国际酒店。

那里，万事通正等着他的主人，拿着六支可以装六发子弹、中心点火的左轮手枪。当他看到菲克斯陪伴着福格先生时，他的脸色阴沉下来，但是阿乌达夫人三言两语地叙述了事情经过之后，万事通又恢复了平静。显然，菲克斯已经不再是敌人，他成了一个同盟。他没有违背承诺。

吃过晚饭后，福格叫了一辆双门马车，装好行李准备到火车站。正要上车时，福格先生对菲克斯说："您没有见到那位普罗科托上校吗？"

"没有。"菲克斯回答。

"我会再回美国找他的，"费雷亚斯·福格冷冷地说，"有一个英国公民受到这样的待遇很不合适。"

警探笑了一下，没有吭声。看得出来，福格先生是这样一种英国人，只要涉及维护荣誉，他们即便在国内不能容忍决斗这种事，在国外，也要拼命斗一场。

六点差一刻，一行人来到了火车站，火车马上就要开了。

正当福格先生要上车时，他看到一个工作人员，便向他走去。

"我的朋友，"他说，"今天在旧金山发生了什么冲突吗？"

"是一个集会，先生。"工作人员回答。

"可是，我注意到街上沸沸扬扬。"

"只是为了选举而组织的一场集会。"

"大概是要选出一位总司令吧？"福格先生问道。

"不，先生，是选出一位治安法官。"

听完这句回答，费雷亚斯·福格登上车厢，火车全速出发了。

第二十六章

乘坐太平洋铁路公司的快车

"从大洋到大洋。"美国人这么说，这句话是对横贯美国、宽度第一的"大干线"的总称。但是，事实上，这个"太平洋铁路"分为不同的两部分：从旧金山到奥格登的"太平洋中央铁路"以及从奥格登到奥马哈的"太平洋联合铁路"。奥马哈是五条干线的会合点，与纽约往来频繁。

纽约和旧金山由一条铁路线联结在一起，全长不少于三千七百八十六英里。在奥马哈和太平洋之间，铁路穿越一片区域，那里经常有印第安人和猛兽出没——这是一片广阔的土地，摩门派教徒[1]在被赶出伊利诺伊州之后，从1845年开始占领这里。

---

1 摩门派教徒：也叫耶稣基督后期圣徒教会，是一个信奉《摩门经》的教会，总部位于美国犹他州盐湖城，是约瑟夫·史密斯在1830年创建的教派。

从前，在最有利的情况下，从纽约到旧金山需要半年时间。现在，只要七天。

1862年，南方议员本想修建一条更靠南的铁路，但是尽管他们反对，铁路还是在北纬四十一度和四十二度之间修建了起来。令人怀念的林肯总统，亲自将内布拉斯加州的奥马哈城确定为新干线的起点站。工程立刻启动了，而且是以美国人的实干精神，既没有纸上谈兵，也没有官僚主义。铁路修建的效率绝没有损害铁路的质量。在平原地带，每天按照一英里半的速度前行。机车在前一天铺好的铁轨上运来第二天的铁轨，机车随着铺设的铁轨奔驰。

太平洋铁路沿线铺设了好几条支线，在爱荷华州、堪萨斯州、科罗拉多州和俄勒冈州。离开奥马哈后，它沿着普拉特河左岸一直向前，直到北部的支流入海口，然后沿着南面的支流，穿过拉勒米地区和瓦萨奇山区，绕着大盐湖，一直到盐湖城——摩门教的首府所在地，然后又深入到图伊拉山谷，沿着美洲大沙漠来到锡达山和洪堡山脉、洪堡河以及赛拉内瓦达河，随后向南经由萨克拉门托，来到太平洋岸边，全程平均每英里的倾斜度不超过一百一十二英尺，即使穿越洛基山脉时也是如此。

这条让火车在七天之内就能穿越美国的大动脉就是这样，它还可以让可敬的费雷亚斯·福格——至少他希望如此——在11

日抵达纽约，搭船去利物浦。

费雷亚斯·福格所坐的火车是一种车身很长的慢车，由两辆四轮火车相连，其活动性能克服小轮辐的弧线限制。车厢里没有隔间：两排座椅分放在两边，从正中间划分为两个区域，中间留有过道，通到每个车厢都有的卫生间和其他车厢。整列火车上，各个车厢之间都有通道连接，旅客可以从头走到尾。车上更有客厅、露台、餐厅和咖啡厅，只缺少剧院了，不过总有一天会有的。

走廊上穿梭着卖书报的、卖酒的、卖食品的、卖香烟的，也不缺少顾客。

旅客们傍晚六点钟从奥克兰站出发。现在已经入夜了——一个寒冷凄清的夜，天空密布着厚厚的云，预示着免不了要下一场雪。火车速度不快，算上停车时间，每小时不超过二十英里，不过这个速度可以保证它在预定时间里穿越美国。

车厢里没什么人聊天，而且，很快，旅客便被睡意俘获了。万事通坐在警探旁边，但是他不和警探说话。自从最近发生的几件事以后，他们的关系明显变冷淡了，再也没有那种友好和亲密。菲克斯一点也没有改变他的处事方式，但是万事通却相反，表现出极度的矜持，准备着稍有可能，就掐死他以前的朋友。

火车出发一小时后，就开始下雪了——庆幸的是，雪花非常细，不至于延误火车的前进。透过车窗，只见一片广袤的白色，火车头的烟雾是灰白色的，在大地上空喷吐出一团一团螺旋状的烟。

八点钟，一个乘务员走进车厢，向旅客宣布睡觉时间到了。这节车厢是卧车车厢，几分钟后，车厢就成了卧室。座椅的靠背折叠起来，精心折好的卧铺以巧妙的方式展开，一眨眼便被隔成一些小间，每位旅客就能立刻使用一张舒适的床铺，厚厚的帘子能遮挡住所有冒失的目光。床单是白色的，枕头很柔软。只需要躺下，然后入睡，正如人人所做的那样，就像在一艘舒适邮船的船舱里——此刻火车正全速飞驰在加利福尼亚州。

在旧金山和萨克拉门托之间的这片区域，地势相对平缓。这一段铁路属于"太平洋中央铁路"，以萨尔拉门托为起点，向东和从奥马哈出发的火车相遇。从旧金山到加利福尼亚的首府，铁路线直接向东北延伸，沿着注入到圣帕布洛湾的美洲河前进。这两个重要城市之间有一百二十英里，六小时内便可穿越。临近午夜，正当旅客们熟睡时，火车已经越过了萨克拉门托。关于这座大城市，他们什么都没有见到。这里是加利福尼亚州立法机构所在地。他们也没有看到它漂亮的码头、宽阔的街道、华丽的酒店，还有它的广场和教堂。

在离开萨克拉门托以后，火车经过章克申、罗克林、奥本和科尔的车站，进入塞拉内华达高原。到达西斯科车站时，是早上七点钟。一小时后，卧室重新变成一节普通车厢，游客们可以透过车窗，观看这多山地区的旖旎风光。铁路的铺设遵循着塞拉地区的起伏地形，一会儿紧嵌在山腰上，一会儿悬挂在悬崖上，一个大胆的弧线绕过突如其来的拐角，冲向看起来无路可走的狭窄峡谷。火车头好像圣人的遗骸盒一般闪闪发光，车头巨大的头灯射出浅黄褐色的光，它那镀银的警钟，它的"驱牛器"，像马刺一样伸出来，汽笛声、轰鸣声和激流、瀑布声交缠在一起，它的烟雾和冷杉树黑压压的树枝交会成一片。

一路上几乎没有经过隧道和桥梁。铁路绕着山腰盘旋，不是寻求两点之间最短的直线道路，而是为了不破坏自然环境。

将近九点钟，列车通过卡尔逊山谷，进入了内华达州，始终朝着东北方向行进。中午，列车离开了里诺市，游客在那里待了二十分钟吃午饭。

从这里开始，铁路沿着洪堡河北上了几英里。然后，转向东面，沿着河走，一直到达河流的发源地洪堡山脉，几乎是内华达州的最东端了。

午饭之后，福格先生、阿乌达夫人和他们的伙伴又回到了车厢的座位上。费雷亚斯·福格、年轻女人、菲克斯和万事通舒服地坐着，望着眼前掠过的斑驳风景——广阔的平原，在天际凸显出来的山峦，水花四溅的小河。有时候，一大群野牛聚集在远方，活像一座移动的堤坝。这些数不胜数的长角的反刍动物，常常给火车的通行造成无法逾越的障碍。大家可以看到成千上万头野牛聚在一起，好几个小时才通过铁路。火车于是不得不停下来，等待道路重新畅通。

这就是现在所遇到的情况。差不多下午三点钟的时候，一万至一万两千头野牛挡住了铁路。火车减缓了速度，试图用冲角插进牛群中，但是在难以穿越的牛群前，它还是停了下来。

只见这些反刍动物——美国人不恰当地称之为"水牛"——迈着不紧不慢的步子，有时发出响亮的哞哞叫声。它们的个头比欧洲的公牛大，腿和尾巴很短，凸出的肩部形成一块隆起的肌肉，双角在底部分得很开，头、颈和肩覆盖着长长的鬃毛。想要阻止牛群的移动，是不可能的。当野牛选定了一个方向前行时，什么也不能阻止或者改变它们的步伐。这是一股活生生的肉体组成的洪流，任何堤坝都无法阻挡。

旅行者们分散在车厢的过道上，观赏着这幅奇景。应该是所有人中最着急的费雷亚斯·福格，却稳坐在自己的位置上，冷静地等待着野牛什么时候乐意给他让个道。万事通对这一大堆动物造成的延误非常恼火。他真想把手里的左轮枪对准它们发射。

"什么破国家！"他叫道，"区区几头牛就挡住了火车，而且它们居然排好了长队，不慌不忙地走着，好像完全不会妨碍交通一样！老天！我想知道福格先生有没有对这样的意外状况有所预估！而火车驾驶员居然不敢用火车撞向这群讨厌的畜生！"

司机根本没有尝试撞翻这个障碍，他行事谨慎。他可能的确可以在火车冲角的攻击下碾碎几头野牛；但是不管火车多么威力强大，也会立刻停下来，不可避免地出轨，酿成一出惨剧。

因此，最好是耐心等待，然后再加速前进，来弥补损失的时间。野牛的游行足足有三小时，直到夜幕降临，铁路才恢复通畅。这时，最后几排野牛穿过铁轨，而最前面的野牛已经消失在南边的地平线下面了。

火车穿过洪堡山脉的时候，已经是八点钟了，九点半的时候，火车进入犹他州，这是大盐湖地区，也是摩门教的神奇土地。

第二十七章

万事通在时速二十英里的列车上，听了一堂摩门教历史课

12月5日至6日的夜里，火车朝东南方向行驶了大约五十英里；然后向东北方向上行同样的距离，朝大盐湖靠近。

将近早上九点，万事通到走廊去呼吸新鲜空气。天气清冷，天空灰蒙蒙的，但是雪已经停了。太阳的大圆盘因为雾气而显得更大了，看上去像一个巨大的金币，万事通正忙着计算这值多少先令，这时一个相当奇怪的人出现了，分散了他从事这项实用工作的注意力。

这个人在埃尔科车站上的火车，个子高高的，褐色皮肤，黑胡子，黑袜子，黑绸帽，黑背心，黑裤子，白领带，狗皮手套，看上去像是一位可敬的牧师。他从火车的一端走到另一端，在每节车厢的门上用封信的小面团贴上一张手写的告示。

万事通走过去看，上面写着：摩门教传教士，尊敬的威廉·希彻"长老"，利用他在四十八号火车上的机会，在一百一十七号车厢，从十一点至正午，举行一次关于摩门教的宣讲会——邀请有意了解"耶稣基督后期圣徒"[1]教奥义的绅士们前来听讲。

"我当然要去。"万事通心想，他除了知道摩门教"一夫多妻"的婚配制度之外，对这个教派一无所知。

消息在火车上迅速地传开了，车上有一百来位乘客。其中最多三十人被这个讲座吸引了，在十一点钟的时候坐在了一百一十七号车厢的长凳上。万事通坐在第一排虔诚的听众中间。他的主人和菲克斯都不认为有必要被打扰。

到点了，威廉·希彻"长老"站了起来，声音听起来像是被激怒了一般，好像有人已经反驳了他似的，他大声说："我，我要对你们说，约瑟夫·史密斯[2]是一位殉道者，他的兄弟希朗也是一位殉道者，合众国政府对先知的迫害会使布里根姆·扬[3]也成为

1　"耶稣基督后期圣徒"教：摩门教的别称。

2　约瑟夫·史密斯（1806—1844）：美国宗教领袖和摩门教主要分支后期圣徒运动的创始人。二十四岁时发表《摩门经》，并在接下来的十四年中吸引了大量的追随者，建立了城市，创建了一种持续的宗教文化。

3　布里根姆·扬（1801—1877）：耶稣基督后期圣徒教会创始人小约瑟夫·史密斯去世后，担任教会首领一职。

殉道者！有谁敢持反对意见？"

没有人敢顶撞传教士，他的激动和他天生平静的面容形成强烈反差。但是，无疑，他的愤怒可以用眼下摩门教受到的严酷考验来解释。美国政府确实刚刚费了不少事去清理这些独行其是的狂热教徒。在指控了布里根姆·扬的叛乱和重婚罪并囚禁他之后，政府控制了犹他州，使之服从国家的法律。从这时起，先知的门徒们加倍地努力，一面等待着法令的下达，一面通过言论抵制国会的要求。

可以看出，威廉·希彻甚至在火车上都在热忱地传教布道。

于是，他情绪激动地用他的大嗓门和夸张的手势继续他的讲述，从圣经时代开始，讲述摩门教的历史："在以色列，约瑟夫部落的一个摩门教先知发布了新宗教的编年史，并把它传给了他的儿子莫洛尼；许多世纪以后，用埃及文字写成的这部宝书，由佛蒙特州的农民小约瑟夫·史密斯翻译成了英文，他在1825年成了神秘的先知；最后，一个天使在一片神光普照的森林里向他现身，把上帝的经书交给了他。"

这时，有几个对传教士的叙述不感兴趣的听众离开了车厢；但是威廉·希彻继续讲述："小史密斯将他的父亲、两个兄弟和几个门徒汇集起来，创建了耶稣基督后期圣徒教——这个教派不仅在美国，而且在英国、斯堪的纳维亚、德国都有人信奉，在工匠们和许多自由职业者之中找到了信徒；在俄亥俄州建立了一个移民地；以二十万美元的金额建造了一座教堂，并建立了柯特兰市；史密斯成为有胆魄的银行家，从一个普通的木乃伊讲解员那里获得了一本纸莎草纸文稿，里面是亚伯拉罕[1]和其他埃及名人的亲笔书信。"

这段叙述有点长，听众席上的听众变得越来越少了，只剩下二十来人。

但是长老并不担心听众的离席，仔细地叙述："乔·史密斯在1837年破产了；他的股东们用沥青涂满他的身体，让他在羽毛上打滚。几年后，在独立日那天，在密苏里州，人们发现他比先前更令人尊敬，成了一个兴旺的集团的领袖，拥有三千多信徒。当时，他被异教徒的仇恨追赶着，逃到了遥远的美国西部。"

这时只剩下十个听众，其中有正直的万事通，他正竖起耳朵仔细听着。就这样，他知道了"在漫长的迫害之后，史密斯又出现在伊利诺伊州，1839年，在密西西比河畔建立了诺沃-拉贝勒城，那里的居民多达两万五千人；史密斯成了市长、最高法官和司令官；1843年，他参加美国总统选举；最后，他在卡塔基被人暗算，入了狱，并被一伙蒙面人刺杀"。

1　亚伯拉罕：圣经人物，先知，是上帝从地上众生中拣选并予以祝福的人，著名事迹有《献上以撒》，伦勃朗以此为题画过同名油画。

这时候，万事通已经是车厢里唯一的听众了，长老面对面望着他，用自己的语言吸引着他，叙述在史密斯被害两年后，他的继任者、受神明启迪的先知布里根姆·扬放弃了诺沃，定居到了盐湖城岸边，这片丰饶的土地上。这是移民们穿越犹他州，到加利福尼亚区的道路。新的移民地由于摩门教的多配偶制度，获得巨大的扩展。

"这就是，"威廉·希彻又说，"这就是为什么国会嫉妒我们！也是为什么联邦的战士们蹂躏犹他州的土地！为什么我们的领袖布里根姆·扬受到监禁，他们藐视一切公正！我们会向暴力屈服吗？永远不会！我们被驱逐出佛蒙特州、被驱逐出伊利诺伊州、被驱逐出俄亥俄州、被驱逐出密苏里州、被驱逐出犹他州，我们仍然会重新找到独立的土地，驻扎我们的帐篷……而您，我忠实的朋友，"长老用愤怒的目光盯着他唯一的听众，又说，"您愿意将您的帐篷，设立在我们旗帜下的荫蔽中吗？"

"不。"万事通坚决地回答，他也逃之夭夭，让狂热的长老在空车厢里传教。

这次宣教期间，火车高速行驶，接近十二点半时，到达了大盐湖的西北角。那里地域辽阔，可以饱览整个内海[1]的景色，这

---

1 此处指大盐湖。

片内海也叫死海，美国的"约旦河"[1]流入其中。这是个迷人的湖泊，四周是挺拔粗犷的岩石，底部宽大，上面盖满了白花花的盐巴，美丽的水面从前覆盖面积更为广阔；但随着时间流逝，它的周围逐渐抬升，面积缩小，但是越来越深。

盐湖长约七十英里，宽三十五英里，海拔三千八百英尺。它和"死海"[2]不同，"死海"低于海面一千两百英尺，它的含盐度很高，湖水约四分之一的重量是盐。具体说来，水和盐的比重为一千一百七十，其中水的比重为一千。因此，鱼没有办法在里头生活。约旦河、韦伯河和其他河流流到湖中的鱼很快就会死去；但是，要说水的密度大得连人也沉不下去，那却是无稽之谈。

湖的四周是精心耕种的农田，因为摩门教徒善于耕作：如果半年后来到这里，便会看到摩门教徒搭建的豢养家畜的饲养场和畜栏，还有麦田、玉米地、高粱地、草木丰茂的牧场，到处是野玫瑰篱笆、金合欢和大戟的树丛；但是当下，土地消失在轻轻飘落的薄雪下面。

两点钟，乘客在奥格登车站下车。火车要在六点钟再出发，福格先生、阿乌达夫人和他们的两个伙伴于是便有时间通过从奥

---

1 约旦河是西亚的圣河，流入"死海"。此处美国的"约旦河"，指的是美国最大河流——密西西比河，流入大盐湖。

2 死海：位于以色列，巴勒斯坦和约旦交界处，是世上最低的湖泊，湖面海拔负四百三十米。

格登车站出去的一条小路前往圣人城。两小时足以游览这座绝对美国式的城市。它和美国的所有城市一样建造起来，像个巨大的棋盘，布满了冰冷的长线条，按照维克多·雨果的说法："一个个直角渗透着阴冷的忧伤。"[1]圣人城的建造者不能摆脱对于对称的需求，这是盎格鲁-撒克逊人的标志。在这个奇特的国度，人们肯定没有达到受教育的高度，因为一切都是"方方正正、彻彻底底"的，包括城市、房屋还有干蠢事儿。

三点钟，乘客们在城里的街道上闲逛，城市建立在密西西比河畔和瓦萨奇山脉开端的起伏地形之间。他们注意到几乎没有教堂，但是有纪念性的建筑，比如先知之家、法院和军火工厂；然后是一些淡蓝色的砖头房子，有玻璃封闭式阳台，还有长廊，周围是花园，有洋槐、棕榈树和角豆树环绕。这是一座建于1853年的由黏土和碎石城墙环绕的城市。集市所在的主要街道上，伫立着几座装饰有小亭子的酒店，其中有盐湖城酒店[2]。

福格先生和他的同伴们感到城市人口不多。街道上几乎不见人影——除了教堂，他们穿过好几个用栅栏围住房屋的街区后，才到了那里。那里女人众多，这可以从摩门教家庭的奇特组成来解释。然而，不要以为所有摩门教徒都是多配偶的。他们有这种

---

1 维克多·雨果小说《悲惨世界》中讲到巴黎新建起来的资产阶级的楼房。
2 盐湖城酒店：1865年布里根姆·扬买下的酒店。

自由，不过最好注意到这一点：犹他州的女公民尤其想要结婚，因为根据当地的宗教，摩门教的天堂根本不允许单身女公民获得祝福。这些可怜的女人看上去既不富裕，也不幸福。有几个女人，应该是最富裕的了，穿着一件腰部敞开的黑绸上装，戴着风帽，或者披着非常朴素的披肩。其他女人只穿印花棉布。

万事通作为坚定的单身汉，不免带着一些恐惧地望着这些摩门教女教徒，她们要好几个人伺候一个男人。他的直觉告诉他，他更应该同情做丈夫的。他觉得这样是可怕的：必须同时带领那么多夫人一起经历生活的起起伏伏，还要这样带领她们成群结队地进入摩门教的天堂，想着要在那里重新找到她们，永远陪伴在光荣的史密斯身边，他应该是这个欢乐之地的荣耀。万事通坚决不接受感召，他感到——他可能在这方面是误解了——大盐湖城的女公民们对他投来让人有些不安的目光。

幸好，他在圣人城的逗留时间不会延长。四点差几分，乘客们返回火车站，重新回到车厢里自己的座位坐好。

汽笛声传来，但是，正当火车头的车轮在铁轨上滚动起来，开始有点加速时，"停车！停车！"的喊声传来。

行进的火车无法停下。那位大声喊叫的绅士显然是一位迟到了的摩门教徒，他跑得上气不接下气。对他来说幸运的是，火车既没有门也没有栅栏。于是他冲上铁轨，跳上最后一节车厢的踏板，气喘吁吁地倒在车厢的长凳上。

万事通激动地关注着这种体操运动般的小插曲，走过来打量着这个误了点的人，当他知道这位犹他州公民是因为家庭纠纷而落跑的时候，他对这个人更是兴趣浓厚。

等到摩门教徒喘过气来的时候，万事通鼓起勇气，有礼貌地问他有几个妻子——按他刚刚落跑的样子看来，万事通揣测他至少有二十来个女人。

"一个，先生！"摩门教徒回答，他双臂高举向空中，"一个，就已经够受的了！"

第二十八章

万事通无法让人理解他的道理

火车离开大盐湖城和奥格登车站以后，向北开了一小时，直到韦伯河畔。从旧金山出发，穿越了大约九百英里。从这时候开始，火车又向东行驶，经过瓦萨奇山脉起伏的高地。就在这片地区，确切来说是在瓦萨奇山脉和洛基山脉之间的这个地区，美国工程师遭遇了最棘手的难题。因此，合众国政府在这段路上的补贴金提高到了每英里四万八千美元，而在平原上，每英里只需要一万六千美元；但是据工程师们说，这段路并没有破坏大自然，而是巧妙地绕过了困难，为了到达大盆地，在整段路程凿穿了一条长达一万四千英尺的隧道。

大盐湖正是全程至今海拔最高的地方。从这一点开始，它呈现出一条狭长的弧线，向苦溪[1]山谷下降而去，再往上达到大西洋和太平洋之间的分割点。这个山区河流很多，列车必须通过马蒂河、格林河和其他河流上的桥梁。

随着目的地的接近，万事通变得更加心急了。但是这回，是菲克斯更想走出这个艰难的区域。他担心火车晚点，害怕出现事故，比费雷亚斯·福格本人更加急于踏上英国的土地！

晚上十点钟，火车在布里吉堡站停下，几乎立刻就离开了，开了二十英里之后，进入怀俄明州——以前叫达科他州，沿着苦溪的山谷前进，这条河流出一部分水，形成了科罗拉多的水文地理系统。

第二天，12月7日，火车在格林河站停了一刻钟。夜里下了一场鹅毛大雪，不过是雨夹雪，所以雪融化了一半，不会阻挡火车的行进。可是，坏天气确实让万事通担心，因为积雪使火车轮子陷进去，肯定会影响旅程。

"真是馊主意啊！"他心想，"我的主人竟然想到在冬天旅行！他就不能等天气转好一些吗？那样胜算也大一点！"

但正在这个好小伙儿为天气和下降的温度操心的时候，阿乌达夫人比他更担忧，不过完全是因为另一个原因。

1　苦溪（Bitter Creek）：美国怀俄明州的一条长八十英里的小溪流。

原来，他们车厢里有几个旅客下了车，在格林河车站的月台上散步，等着火车重新出发。然而，透过车窗玻璃，阿乌达夫人认出了斯坦普·W.普罗科托上校，那个在旧金山的集会上，粗暴地对待费雷亚斯·福格的美国人。阿乌达夫人不想被他看见，便把身子往后靠。

当下的状况让年轻女人内心波涛汹涌。她依恋身边这个男人，尽管他总是无动于衷，却每天对她表现出绝对的忠诚。她可能并不能完全理解她的救命恩人在她内心激起的深刻情感，她只把这种情感称为"感激"，但不知不觉地，其中已经有了多于"感激"的东西。福格先生迟早要找这个粗暴的家伙讨个说法，所以当她认出这个人时，她的心揪紧了。很显然，普罗科托上校上了这列火车是个偶然，可是毕竟他在车上，必须不惜一切代价阻止费雷亚斯·福格发现他的对手。

火车又重新上路了，阿乌达夫人利用福格先生打瞌睡的一会儿时间，让菲克斯和万事通了解了情况。

"这个普罗科托就在火车上！"菲克斯喊道，"好啊，您放心，夫人，他在和福格先生交手之前，先得过我这关！我觉得，在整件事情里，受到最严重侮辱的，还是我！"

"再说，"万事通加上一句，"我也可以对付他，尽管他是个上校。"

"菲克斯先生，"阿乌达夫人又说，"福格先生不会让任何人替他报仇的。他是个男子汉，他说过，会回到美国再找这个侮辱他的人。所以，如果他看到普罗科托上校，而我们不能阻止他们正面交锋，那会引发不堪设想的后果。所以必须不让他看见上校。"

"您说得对，夫人，"菲克斯回答，"他们相会的话，我们可能会前功尽弃。不论福格先生是输是赢，都会耽误行程，而且……"

"而且，"万事通接着说，"这就让革新俱乐部的那些绅士们占了便宜。四天后，我们会到纽约！如果四天内我的主人不离开车厢，就可以指望他不会碰巧撞上这个该死的美国人了，上帝保佑！不过，我们可以阻止他……"

谈话中断了。福格先生醒过来，透过沾上雪花的车窗，眺望原野。过了一会儿，万事通避开他的主人和阿乌达夫人，对警探说："您真的愿意为我的主人搏斗吗？"

"为了让他活着回到欧洲，我什么都干！"菲克斯干脆地回答，语气中透露着不可动摇的决心。

万事通感到浑身一阵寒战，但是他对主人的信心并没有减弱。

眼下，有什么方法可以拖住福格先生在这个车厢里，避免他和上校见面呢？这不会太难，这位绅士天性不爱动，也不好奇。

不论如何，警探自认找到了一个方法，因为，过了没多久，他对费雷亚斯·福格说："先生，这样在火车上待着，时间真是又长又慢。"

"确实，"绅士回答，"可是总会过去的。"

"在邮船上，"侦探说，"您不是有打惠斯特的习惯吗？"

"是的，"费雷亚斯·福格回答，"但是在这里很难。我既没有牌，也没有牌友。"

"哦！牌嘛，我们总能买到的。在美国的火车上，什么都有卖。至于牌友，如果夫人恰好……"

"当然了，先生，"年轻女人紧忙回答，"我会打惠斯特。这也属于英国的教育。"

"我呢，"菲克斯说，"我是很想玩一下。但是三缺一……"

"您高兴就好，先生。"费雷亚斯·福格回答，很高兴又能玩他爱玩的牌——甚至是在火车上。

万事通急忙去找乘务员，很快就回来了，还带着两副完整的牌、一些筹码和一张铺着桌布的小桌子。万事俱备，大家开始打牌。阿乌达夫人很会玩惠斯特，她甚至得到严肃的费雷亚斯·福格的几句赞赏。至于警探，他绝对是一流高手，和绅士不相上下。

"现在，"万事通心想，"我们把他拖住了。他连动都不会动一下了！"

上午十一点，火车到达两大洋的分割点。这里是布里吉通道，海拔七千五百二十四英尺，是洛基山区铁路的制高点之一。走了大约两百里之后，乘客们终于来到延伸至大西洋的辽阔平原，大自然使这片土地很利于铁路网的铺设。在大西洋盆地的斜坡地带，流淌着北普拉特河的源头、支流和小支流。北面和东面的整个地平线，都被洛基山北部的巨大半圆形山体所遮蔽，拉勒米山峰高耸其上。在这山脉曲线和铁路线之间伸展着宽阔的平原，被河流充分灌溉。在铁路线右边，层层叠叠地铺展着山体斜坡，山脉向南缓缓降落到阿肯色河的源头，这是密苏里河流入海里的一大支流。

十二点半，旅行者们瞥到高耸于这个地方的哈力克要塞。又过了几小时，他们穿过了洛基山脉。于是可以期望火车穿越这个难走的地区而不发生任何事故了。雪已经停了。天气干冷。有些大鸟被火车头惊到，逃往远方。平原上没有任何野兽出没，既没有熊，也没有狼。这是一片光秃秃的荒漠。

在一顿车厢里供应的相当可口的午餐之后，福格先生和他的同伴们又没完没了地玩起了惠斯特，这时他们听到尖锐的汽笛声。火车停了下来。

万事通把脑袋探出车门外，没看到是什么引起停车，也没看到任何车站。

阿乌达夫人和菲克斯一时担心福格先生想要下车。但是绅士仅仅是对仆人说:"去看看怎么回事。"

万事通冲出车厢。四十来个旅客已经离开了他们的座位,其中就有斯坦普·W.普罗科托上校。

火车停在了禁止通行的红色信号灯前。火车驾驶员和列车长已经下车,和一个巡道工激烈地争吵着,他是下一站梅迪辛博站的站长派来等候这班火车的。旅客们聚拢来,参加争论——其中有普罗科托上校,他声音高昂,颐指气使。

万事通走近这群人,听到巡道工说:"不!不能过去!梅迪辛博桥摇摇欲坠,承载不了火车的重量。"

他说的这座桥是悬在激流上的吊桥,离列车所停的地方有一英里之远。按巡道工的说法,桥有坍塌的危险,好几根吊索已经断了,不可能冒险通车。巡道工并没有夸大其词。再说,以美国人满不在乎的习惯来说,当他们都开始谨慎了,那么真是别无选择了,否则定会酿成大祸。

万事通不敢去告诉他的主人,他咬紧牙听着,像一座雕塑一般一动不动。

"啊这样!"普罗科托上校大喊,"我们走不了啦,我想,我们要待在这里,在雪地里扎根了!"

"上校，"列车长回答，"我们已经给奥马哈车站发了电报，要他们派一辆火车来，但是它不可能在六点之前抵达梅迪辛博。"

"六点钟！"万事通大声说。

"肯定，"列车长回答，"再说，我们步行到梅迪辛博也需要这点时间。"

"步行！"所有旅客都嚷嚷起来。

"但是这个车站究竟还有多远？"有个旅客问列车长。

"十二英里，从河对岸走。"

"在雪地里走十二英里！"斯坦普·W.普罗科托上校嚷道。

上校破口大骂，他责备铁路公司，责备列车长，而万事通呢，他怒不可遏，就差和上校一起嚷嚷了。碰到这个天气方面的障碍，这一回，他主人所有的钞票都要打水漂了。

再说别的旅客们，他们普遍神情沮丧，火车延误不说，还得在覆盖了积雪的平原上徒步十二英里。于是旅客们掀起一阵喧嚣，叫喊声、咒骂声本该吸引费雷亚斯·福格的注意力，所幸这位绅士正全神贯注在打牌。

然而万事通觉得有必要告诉主人这件事，他低着头，朝车厢走去，正在这时，火车司机——一个真正的美国佬，名叫福斯特——提高了嗓门说："先生们，或许有办法通过。"

“从桥上？”一个旅客问。

“从桥上。”

“开我们的火车过去？”上校问道。

“开我们的火车过去。”

万事通停住了脚步，把火车司机的话听得一清二楚。

“可是这座桥有坍塌的危险！”列车长发话了。

“没关系，”福斯特回答，“我相信如果火车以全速行驶，会有机会通过。”

“真见鬼！”万事通说。

但是，部分旅客立刻被这个提议吸引了。尤其是正合普罗科托上校的心意。这个脑子发热的家伙觉得这件事可行。他甚至回想起，有些工程师曾经设想以全速直冲的火车通过“没有桥”的河流，等等。最终，所有感兴趣的旅客都同意司机的建议。

“我们有百分之五十的机会通过。”一个旅客说。

“六十。”另一个说。

“八十！……百分之九十！”

万事通惊呆了，尽管为了通过梅迪辛河，他准备尝试一切，可是这样的尝试他觉得有点过于“美国化”了。

“再说，”他想，“另外有一件简单得多的事情可以做，这些人居然都没想到！”

"先生，"他对其中一个旅客说，"我觉得司机提出的办法有点冒险，但是……"

"有百分之八十的机会！"这个旅客回答，朝他转过背去。

"我很清楚，"万事通对着另一位绅士回答，"但是，只要考虑一下……"

"用不着考虑，没有用！"听他说话的美国人耸耸肩，"司机都已经保证了能通过！"

"也许会通过，"万事通又说，"但是也许更谨慎的做法……"

"什么！谨慎！"普罗科托上校大声说，这句话偶然间被他听到，他跳了起来，"我告诉您，高速前进！您听明白吗？高速前进！"

"我知道……我理解……"万事通一再说，谁也不想让他说完，"但是即便不是更谨慎一些，因为这个词让你们不舒服，至少也要更合理一些……"

"这家伙是谁？他想干什么？他在说什么？他说什么更合理的是指什么？"各种疑问从四面八方涌来。

这个可怜的小伙子不知道跟谁说好了。

"您害怕了吗？"普罗科托上校问他。

"我，害怕？"万事通大声说，"就这么办吧！我会表现给你们这些人看，一个法国人是能和美国人一样不胆怯的！"

"上车！上车！"列车长叫道。

"好的，上车！"万事通重复说，"上车！马上！但是你们不能阻止我想，我们这些旅客先步行过桥，再让火车过去，是更加合理的！"

但是没有人肯听这样明智的考虑，没有人肯承认他的正确性。

旅客们又回到了车厢。万事通坐回他的位置，对刚才发生的事情闭口不谈。打牌的人聚精会神沉溺在牌局中。

火车头发出震耳欲聋的汽笛声。司机将蒸汽阀门推往反方向，让火车倒退了一英里——就像一个跳远的人通过倒退来蓄力冲刺。

接着，火车发出第二下汽笛声，重新向前开始了。火车头加速向前，很快，速度便快得骇人；只听到火车头发出一声嘶鸣，蒸汽活塞每秒拍打二十次，轮轴在机油盒里冒烟了。可以说，人们感到整列火车以每小时一百英里的速度飞驰而去，已经悬空于铁轨了。速度使重力消失了。

火车过了桥！快如闪电。旅客们在桥上什么风景都没有看到。可以说，火车从此岸跳到了彼岸，直到火车开过车站五英里处，司机才得以把火车停住了。

不过，火车才刚刚过了河，桥就彻底毁了，呼啦啦地坠入了梅迪辛博河的激流中。

第二十九章

只有在太平洋联合铁路上才会碰到的事故

当天晚上，火车继续行进，畅通无阻，过了桑德斯堡[1]，又穿越了夏延通道，到达了埃文斯。这里，铁路到达行程的最高点，即海拔八千零九十一英尺。接着，旅客们一路下行，直到大西洋海岸，行驶在平整辽阔的平原上。

到科罗拉多州主要城市丹佛的支线在那里交会到"大干线"上。这块土地盛产金矿和银矿，有五万居民在那里长居。

从旧金山出发到这时候为止，三天三夜里，火车已经穿越了一千三百八十二英里。按照计划，到达纽约只要四天四夜。因此，费雷亚斯·福格的旅程保持在规定期限之内。

1　桑德斯堡（Fort Sanders）：1866年为了保护铁路而修建的堡垒，在美国怀俄明州拉勒米县附近。

夜里，火车掠过了瓦尔巴赫营地[1]左侧。洛奇波尔河与铁路平行，沿着怀俄明州和科罗拉多州共同的笔直边界线流淌。十一点，火车进入内布拉斯加州，从塞奇威克旁边经过，直到普拉特河南部支流上的朱尔斯堡。

1867年10月23日，就是在这里，太平洋联合铁路举行了通车典礼，总工程师是J.M.道奇将军；在这里，两节威力强大的火车头拖着九节车厢停了下来，上面坐满宾客，其中还有副总统托马斯·C.杜兰特先生；在这里，欢呼声响彻云霄；在这里，西乌人和波尼人上演了一场印第安人之间的小规模战争；在这里，烟火绽放在天际；最后，也是在这里，一台手携式印刷机出版了第一期《铁路先锋报》。人们就是这样庆祝这条大铁路的落成的，它是进步和文明的工具，它穿越沙漠，旨在连接起一些当时还不存在的城镇。火车头的汽笛声比安斐温[2]的竖琴还要强大，使这些城镇很快就出现在了美国的土地上。

早上八点，火车远远驶过了麦克费尔森堡。离奥马哈桥有三百五十七英里。铁路沿着普拉特河蜿蜒曲折的南支流左岸延伸。九点钟，火车抵达了重要城市北普拉特，它建于普拉特河两

1　瓦尔巴赫营地位于怀俄明州夏延市西北部约二十五英里处。

2　安斐温（Amphion）：宙斯之子，他的情人赫尔墨斯给了他一把竖琴后成为音乐家，他的乐声能筑起城墙。

条支流之间，支流绕着城市汇聚成一条大河，与奥马哈上溯一点的密苏里河汇聚。

火车越过一百零一度经线。

福格先生和他的伙伴们又重新打起牌来。他们之中没有人抱怨路途的漫长，甚至不抱怨三缺一。菲克斯开始先赢了几个几尼，接着又开始输钱，但他依然和福格先生一样兴致勃勃。整个上午，幸运女神一直眷顾着这位绅士。王牌和大牌如雨一般落到他手里。他利用时机，大胆组合好牌准备出黑桃，这时，长凳后面响起一个说话声："要是我的话，我就出方块……"

福格先生、阿乌达夫人、菲克斯抬起头来。普罗科托上校正在他们边上。

斯坦普·W.普罗科托和费雷亚斯·福格马上认出了对方。

"啊，是您，英国人先生，"上校大声说，"是您想打黑桃！"

"是谁在打牌？"费雷亚斯·福格冷冷地说，出了一张黑桃十。

"我就是觉得应该打方块。"普罗科托上校用愤怒的声音反驳说。

他伸手想要抢牌，还不忘加一句："您根本不懂玩牌。"

"或许我更擅长别的。"费雷亚斯·福格说着站起身来。

"我奉陪到底，约翰牛[1]的儿子！"那个粗暴的家伙回嘴说。

阿乌达夫人脸色刷白，浑身血液都涌向心脏。她抓住费雷亚斯·福格的手臂，他轻轻推开她。万事通已经准备好扑向那个美国人，而美国人呢，他以最不屑的神态望着他的对手。但是菲克斯站了起来，走向普罗科托上校，对他说："您忘了是我与您有过节，先生，您不仅侮辱了我，而且还打了我！"

"菲克斯先生，"福格先生说，"我请您原谅，但是这件事，只与我有关。上校认为我不该出黑桃，又一次侮辱了我，他要找我说理。"

"随时随地随您高兴，"美国人回答，"想用什么武器都行！"

阿乌达夫人想拉住福格先生，但也只是徒劳。警探想把吵架揽到自己身上，但也无济于事。万事通想把上校扔出车门外，可是他的主人一个手势制止了他。费雷亚斯·福格离开车厢，美国人跟着他去了过道。

"先生，"福格先生对他的对手说，"我急着返回欧洲，稍稍拖延一下都要大大损害我的利益。"

"哦！这跟我有什么关系？"普罗科托上校回答。

1　约翰牛（John Bull），是英国的拟人化形象，源于1727年苏格兰作家约翰·阿布斯诺特所出版的讽刺小说《约翰牛的生平》，后成为英国人自嘲的形象。

"先生，"福格先生彬彬有礼地说，"自从我们在旧金山相遇之后，我已经制订了回美国找您的计划，我有事要返回欧洲大陆，一完事我就会回来。"

"真的吗！"

"您愿意和我订下六个月后见吗？"

"为什么不说六年？"

"我说六个月，"福格先生回答，"我会准时赴约的。"

"这一切都是托词！"斯坦普·W.普罗科托大喊，"要么就现在，要么就拉倒。"

"好，"福格先生问，"您到纽约吗？"

"不到。"

"到芝加哥？"

"不到。"

"到奥马哈？"

"和您有什么关系！您知道普鲁姆河吗？"

"不知道。"福格先生回答。

"就是下一站。火车过一小时到那里，会停上十分钟。我们可以互相开几枪。"

"就这样，"福格先生回答，"我会在普鲁姆河下车。"

"我甚至觉得您会永远留在那里！"美国人不可一世地说。

"谁知道会怎样呢，先生？"福格先生回答，他回到车厢，和往常一样沉着冷静。

车厢里，这位绅士开始安慰阿乌达夫人，说永远不用害怕那些自吹自擂的人。然后，他请菲克斯为即将进行的决斗做见证人。菲克斯无法拒绝，费雷亚斯·福格又平静地开始重新打牌，镇定自若地打出了一张黑桃。

十一点钟，火车头的汽笛声昭示着普鲁姆河站已经不远了。福格先生起身，向过道走去，菲克斯跟在后面。万事通陪着他的主人，手上拿着一对手枪。阿乌达夫人待在车厢里，脸色像死人一样苍白。

这时，另一节车厢的门打开了，普罗科托上校同样也出现在过道上，身后跟着他的见证人，一个像他那样健壮的美国佬。但是，正当两个对手要下车时，列车长跑了过来，对他们喊道："这站不能下车，先生们。"

"为什么？"上校问。

"我们晚点了二十分钟，火车不停靠。"

"但是我要和这位先生决斗。"

"我很遗憾，"列车长回答，"但是我们马上就要出发了。听，铃声响了！"铃声确实响起来了，火车又重新开动了。

"我真的很抱歉，先生们，"列车长说，"如果不是这样的情况，我一定会帮你们的忙。但是，说到底，你们虽然不能在这里下车决斗，但是有谁阻止你们在路上决斗呢？”

“可能这会给先生带来不便！”普罗科托带着嘲讽的口吻说。

“恰恰相反，这正合我意。”费雷亚斯·福格回答。

“好啊，我们果然是在美国！”万事通心想，“列车长真是上流社会的绅士！”

他一边这样想着，一边跟着主人走。

两个对手、两个证人跟着列车长，经过一节又一节的车厢，来到最末一节。这节车厢只有十几名旅客，列车长询问他们，是否愿意把地方腾出来一会儿给两位绅士，他们要解决一桩有关荣誉的事情。

怎么能不乐意呢！旅客们很高兴能给两位绅士行个方便，他们退到了车厢外的过道上。

这节车厢长五十英尺，非常适合决斗。两个对手可以在长椅之间自由走动，随意开枪。没有比这里更方便的决斗场所了。福格先生和普罗科托上校每人拿着两把六发子弹的手枪，走进车厢。他们的见证人帮他们关起了车厢门，自己待在门外。火车头发出第一声汽笛声时，他们就应该开火……然后，两分钟的间隔之后，再把两人之中倒下的那位抬出车厢。

果真是再简单不过了，甚至是因为太简单了，菲克斯和万事通感觉心脏剧烈跳动，就要爆裂了。

于是大家等待着汽笛声，这时突然响起一阵野蛮的吼声，伴随着噼里啪啦的轰响声，但并不是从留给决斗者的车厢里发出的。相反，这轰响声传遍整列火车，一直到最前端的车厢。车厢里传来因害怕而发出的呼喊声。

普罗科托上校和福格先生拿着手枪，迅速从车厢出来，奔向前面，那里枪声和喊声更加喧嚣嘈杂。

他们懂了，是一伙西乌人袭击了火车。

这些大胆的印第安人不只是试探性地袭击火车，他们已经不止一次拦截火车了。根据他们的习惯，不等火车停下，一百多人就跳上火车踏板，登上火车，就像小丑抓住一匹正在奔跑的马。

这些西乌人装备了枪支，爆炸声就源于此。旅客们也几乎都配有手枪，纷纷开枪回击。印第安人先是冲向驾驶室。司机和司炉被大棒打到半昏迷状态。一个西乌人首领，想让火车停下来，但是他不知道如何操纵调节手柄，他本想关掉蒸汽阀门，谁知却搞得阀门大开，火车头受了刺激一般，以可怕的速度飞驰而去。

与此同时，西乌人闯入车厢，他们就像奔跑在双层公车顶上的愤怒的猴子一般冲进车门，与旅客们进行肉搏。车厢被洗劫一空，包裹从行李车厢被搬出来，扔到铁路上。喊叫声和枪击声不绝于耳。

然而旅客们勇敢地自卫。有的车厢被封闭起来，戒备森严，就像一个真正的移动城堡，以每小时一百英里的高速驰骋着。

从袭击刚开始，阿乌达夫人就表现得非常勇敢。她拿着手枪，英勇地自卫，通过打碎的玻璃射击，这时有几个野蛮人出现在她面前。二十几个西乌人被打死了，倒在铁路上，那些从过道滑落到铁轨的西乌人，火车轮子就像碾碎虫子一样从他们身上碾过。

好几位旅客被子弹或者大棒打成重伤，躺在长凳上。

必须结束这场战斗。战斗已经持续了十分钟，如果火车不停下来的话，那么西乌人必定会获胜。事实上，距离基尼堡[1]只有不到两公里。那儿有一个美国兵站，但是一旦过了这个兵站，在基尼堡和下一个车站之间，西乌人又会主宰火车。

列车长和福格先生并肩作战，突然一颗子弹把他打倒了。他倒下时喊道："如果火车不在五分钟内停下来，我们就完了！"

"它会停下来的！"费雷亚斯·福格说，他想冲出车厢。

"别走，先生，"万事通大喊，"这事我来做！"

费雷亚斯·福格来不及阻止这个勇敢的小伙子，他避过印第安人的耳目，打开一扇车门，钻到了车厢底下。战斗还在继续，

1　基尼堡：1848年美军在美国西部所建的前哨，以史蒂文·W.基尼上校的名字命名，1871年作废。

子弹在他头上穿梭往来，他恢复了自己的灵活和小丑的柔韧，在车厢底下匍匐，抓住链条，利用刹车操纵杆和车厢底架的纵梁，极其灵巧地从一节车厢爬到另一节车厢，就这样到达了火车的最前面。他没有被人发现，也没人能发现。

到了那里，他用一只手吊在行李车厢和煤水车之间，另一只手解开安全链条；但是由于牵引力，他始终无法拆开挂钩的铁棒，幸亏这时火车摇晃了一下，抖落了这根铁棒。列车脱离了，越来越往后靠，而火车头以更快的速度消逝而去。

由于余力的牵引，火车继续滚动了几分钟，但是在车厢内有人扳动了刹车，火车终于停了下来，在离基尼站不到一百步的地方。

那边堡垒中的士兵听到了枪声，匆忙跑了出来。西乌人没有等到他们赶来，火车还没完全停稳，便全都逃跑了。

但是当旅客在车站月台上清点人数时，他们发现有好些人没有应声，其中正有英勇的法国人，刚刚正是他的献身精神救了大家。

第三十章

费雷亚斯·福格只是履行他的责任

三名旅客消失了，其中包括万事通。他们在战斗中被杀了吗？他们变成西乌人的战俘了吗？还没有人知道。

很多人都受伤了，但是经过确认，没有人受到致命伤。其中受伤最严重的是普罗科托上校，他勇敢地战斗，被一颗子弹打中了腹股沟，旋即倒地。普罗科托上校和别的旅客一起被抬到火车站，他的伤势需要立刻得到医治。

阿乌达夫人安然无恙。费雷亚斯·福格也很拼命，却没有一点擦伤。菲克斯手臂受了伤，但不严重。但万事通不见了，年轻女人潸然泪下。

所有旅客都离开了火车。火车轮子上沾满了血迹。车轴和车轮上挂着残破不全的皮肉。红色的血迹拖曳在白茫茫的平原上，一眼望不到头。最后几个印第安人消失在南面的共和河那边。

福格先生环抱着手臂，一动不动。他下定决心做一件重要的事情。阿乌达夫人在他身边，一言不发地望着他……他明白这种目光。如果他的仆人成了俘虏，他该不该不惜一切代价，从印第安人那里把他夺过来呢？

"不管是死是活，我要找到他。"他只是这么简单地对阿乌达夫人说。

"啊，先生……福格先生！"年轻女人大声说着，抓住她同伴的手，上面洒满了她的泪水。

"要活着找到他！"福格先生又说，"我们一分钟也不能耽误了！"

做出这个决定，费雷亚斯·福格是牺牲一切了。他等于是刚刚宣布了自己的破产。只要延误一天，他就会错过前往纽约的邮船，他的打赌便会无可挽回地输掉。但是面对这个想法，"这是我的责任！"他没有犹豫。

指挥基尼堡的上尉在那里。他的士兵——约有百来号人——正戒备森严，以防西乌人直接进攻火车站。

"先生，"福格先生对上尉说，"三名旅客失踪了。"

"死了？"上尉问。

"死了，或者当了战俘，"费雷亚斯·福格回答，"这是一个悬而未决的地方，我们必须去弄清楚。您打算追击西乌人吗？"

"这很费事，先生，"上尉说，"这些印第安人可能会一直逃到阿肯色州那边！我没法丢下委托给我的堡垒。"

"先生，"费雷亚斯·福格说，"这关系到三条人命。"

"毫无疑问……不过，我能拿五十个人的性命去拯救三个人的生命吗？"

"我不知道您能不能，先生，但您应该这么做。"

"先生，"上尉回答，"这儿没有人能告诉我应该做什么。"

"行吧，"费雷亚斯·福格冷冷地说，"我自己去！"

"您，先生！"菲克斯大喊着走过来，"您独自去追赶印第安人！"

"这里所有活下来的人，都是他救的，您难道希望我扔下这个可怜的小伙子独自遇难吗？我非去不可。"

"不，您不能独自去！"上尉大声说，情不自禁地被感动了，"您有一颗善良的心！……给我三十个意志坚定的士兵！"他转过身朝着士兵们说。

整个连的士兵都一起往前站了出来。上尉要从这些勇敢的士兵中挑选。三十名士兵被指定好了，一位老中士来做首领。

"谢谢，上尉！"福格先生说。

"您允许我陪伴您吗？"菲克斯问绅士。

"随您乐意，先生，"费雷亚斯·福格回答他，"但是如果您乐意帮我一个忙的话，请您陪在阿乌达夫人身边。万一我遭遇了不幸……"

警探脸色变得苍白。要和他坚持不懈步步紧追的人分开！让他这样去沙漠中冒险！菲克斯仔细凝望着绅士，不管怎样，不管他有多少偏见，不管他内心有多少斗争，在绅士平静而坦诚的目光面前，他还是垂下了双眼。

"我留下来吧。"他说。

过了一会儿，福格先生握住年轻女人的手；然后，他把他珍贵的旅行袋交给她，便和中士还有他手下的一小队人出发了。

但是，在出发前，他对士兵们说："我的朋友们，如果我救出俘虏，你们会得到一千英镑。"

这时是十二点过几分。

阿乌达夫人抽身走进火车站的一个房间，独自在那里等待。她思念着费雷亚斯·福格，想着他质朴而伟大的慷慨，想着他不动声色的勇敢。福格先生牺牲了他自己的财产，现在他又要冒着生命危险，而做这一切，他毫不犹豫，只是出于责任，没有言辞粉饰。费雷亚斯·福格在她眼里是一个英雄。

菲克斯警探呢，他不这么想，他不能控制住自己的激动。他焦躁不安地在车站月台上踱步。过了一会儿，他又恢复了常态。

福格出发了，他让他走了，他意识到自己做了一件蠢事。天哪！他一路追随这个人周游世界，现在却同意与他分开！他的本性占了上风，他犯了错，他责备自己，像是自己变成了警察局长，当场抓住一个因为天真而做错事的警员，给予训诫。

"我真是愚蠢！"他心想，"万事通已经告诉他我是谁了！他走了，不会再回来了！这下我要去哪里抓他呢？我怎么会就这样被他迷惑了呢，我啊，菲克斯，我口袋里就有他的逮捕令！我一定是个白痴！"

警探就这样思索着，在他看来，时间过得如此之慢。他不知道他能做什么。有时候，他想把一切都告诉阿乌达夫人，但是他知道年轻女人会做何反应。怎么办呢？他真想穿过这茫茫的平原，去追赶这个福格！他觉得也不是不可能找到他。这一小队人的足迹还印在雪地上呢！……可是很快，新下的雪就会把它们给覆盖了。

于是菲克斯感到很丧气。他感到难以克服的欲望，想要全盘放弃了。然而，恰恰在这时候，离开基尼火车站、继续这场多灾多难的旅行的机会出现了。大约下午两点，正当大雪纷飞时，东方传来长长的汽笛声。一大片强光后面跟着一大块阴影，缓缓向前移动，因为雾气的关系被扩大了许多，显出奇特的景象。

然而，预计中并没有任何火车从东边开来。虽然已经发了电报求援，但是援助不可能那么快就到，而从奥马哈到旧金山的火车应该第二天才经过——很快就会水落石出。

这个火车头冒着蒸汽，鸣着汽笛前进，这就是那节从火车上脱离下来，以惊人的速度继续前行的火车头，里面还载着昏死过去的司机和司炉。它在轨道上跑了好几英里；接着由于火势不足、缺乏燃料，蒸汽开始变得稀疏，一小时后，它的速度开始减慢，终于在基尼火车站二十英里开外停了下来。司机和司炉都还活着，在昏迷了许久之后，他们苏醒过来。

这时候火车头停住了。司机发现自己置身沙漠，火车头孤零零的，后面没有拖着火车，他明白发生什么事情了。火车是怎么脱离火车头的，他没法猜测，但是他很确定，火车被抛在了后面，陷入了僵局。

司机没有犹豫自己该做什么。继续开往奥马哈是谨慎的做法；而退回去找火车车身，则是危险的，那些印第安人可能还在劫掠火车……没关系！在炉膛里加了几铲煤和木柴之后，火重新点燃了，蒸汽压力重新升高，将近下午两点时，火车又朝着基尼车站退了回去。此刻在烟雾中呼啸的，正是它。

看到火车和火车头又重新连接上，旅客们欣喜若狂。他们又可以继续这不幸中断的旅行了。

看到火车头到达，阿乌达夫人便走出车站，对列车长说：

"您马上就出发吗？"

"马上就走，夫人。"

"但是那些俘虏……我可怜的同伴们……"

"我不能中断旅程，"列车长回答，"我们已经晚点三小时了。"

"下一列从旧金山开过来的火车什么时候到？"

"明天晚上，夫人。"

"明天晚上！那太晚了。您务必得等一下……"

"这不可能，"列车长回答，"如果您想出发的话，那就赶紧上车。"

"我不走了。"年轻女人回答。

菲克斯听到了这场谈话。就在不久前，在没有任何交通方式的时候，他决心离开基尼火车站，而现在，火车来了，准备好出发了，他只需要重新回到车厢里自己座位上坐下，他却觉得有一股不可抗拒的力量把他钉在地面上。车站月台的地面像是在炙烤着他的双脚，而他却没有办法抽身。他内心的斗争又开始了，失败的愤怒让他透不过气来。他想抗争到底。

然而旅客们和几个伤员——其中包括伤势严重的普罗科托上校——已经在车厢里入座了。锅炉被加热到沸腾，发出轰鸣声，蒸汽从阀门中冒出来。司机拉响汽笛，火车开动了，不一会儿便消失不见了，白烟滚滚喷薄而出，与飞旋的雪花交融成一片。

警探菲克斯留了下来。

几小时过去了。天气非常糟糕，寒冷刺骨。菲克斯坐在车站的一张长凳上，一动不动，感觉像是睡着了。阿乌达夫人不顾风雪交加，时不时离开供她使用的房间。她走到月台的尽头，想要透过暴风雪和阻碍她视线的浓雾，听听是否有什么声响传来，但是什么都没有。于是她拖着冻僵了的身子回到房间，想着过会儿再出来，可总是徒劳。

夜幕降临。一小队人马还没有回来。他们此刻在哪里呢？他们找到那些印第安人了吗？他们是开战了吗？或者这些士兵在浓雾中迷了路，只能胡乱摸索？基尼堡上尉忐忑至极，虽然他极力掩饰着自己的焦虑。

夜色更浓了，雪小了一点，可是寒冷却加剧了。最大胆的人在这无边的黑暗面前，也不无恐惧。绝对的寂静笼罩着平原。没有飞鸟，也没有野兽来打破这无尽的沉寂。

一整个夜晚，阿乌达夫人满脑子都是阴郁的预感，忧心忡忡，徘徊在草原的边际。她的想象力把她带到远处，那里充斥着无数的危险。这漫长的几小时中，她所承受的煎熬难以言表。

菲克斯始终在同一个地方一动不动，但是，他也没有睡着。有时候，一个男人走近他，甚至和他说话，他也只是摆摆手把他打发走了。

夜晚就这样过去了。黎明的时候，太阳从雾气沉沉的地平线上，射出稀薄的光线。但是，两英里之外，依然什么都看不见。费雷亚斯·福格和那一队人是朝着南边走的……而南方现在荒无人烟。这时是早晨七点。

上尉焦虑到了极点，不知所措。他是不是应该派第二队人马去支援第一支队伍？在这么小的成功概率下，他应该为之前牺牲的人再牺牲新的人吗？但他没有迟疑太久，做了一个手势，叫来他的一个中尉，命令他到南边侦察——这时，响起了几下枪声。这是个信号吗？士兵们从堡垒中冲了出来，五百米的地方，只见一小支队伍秩序井然地回来了。

福格先生走在前头，万事通和两名旅客从西乌人的手里被解救出来，跟在他身边。

在基尼南边十英里处有过一场战斗。在小分队到达前不久，万事通和他的两位伙伴已经开始和他们的看守们进行搏斗了，法国人狠狠揍了三个看守，这时他的主人和士兵们冲上来支援他们。

所有人，救援者和获救者，都受到了喜悦的欢呼声的迎接，费雷亚斯·福格给士兵们分发了他答应过的奖金，而万事通则不无道理地一再对自己说："不得不承认主人在我身上花了不少钱！"

菲克斯一言不发，望着福格先生，他很难分析自己此刻正激烈斗争着的内心感想。至于阿乌达夫人，她抓住绅士的手，紧紧握在自己手心里，一句话都说不出来。

而万事通从到达以来，一直在车站里寻找着火车。他以为找到了正准备开往奥马哈的火车，还希望能弥补上丢掉的时间。

"火车，火车！"他喊道。

"开走了。"菲克斯回答。

"下一班火车，什么时候来？"费雷亚斯·福格问。

"只有等到今天晚上。"

"哦！"沉着冷静的绅士只是这么应了一声。

第三十一章

警探菲克斯非常慎重地对待费雷亚斯·福格的利益

费雷亚斯·福格耽误了二十小时。万事通已经绝望了，是他无可避免地造成了这种迟到。很显然已经让他的主人破产了！

这时，警探靠近福格先生，面对面地盯着他看。

"老实说，先生，"他问道，"您当真很着急吗？"

"当真。"费雷亚斯·福格回答。

"我再问一句，"菲克斯又说，"为了您的利益，您必须在11日晚上到达纽约，在九点钟邮船开往利物浦之前吗？"

"是重大利益。"

"如果您的旅行没有被这次印第安人的袭击打断，您在明天11日的早上就会到达纽约吧？"

"是的，在开船前十二小时。"

"好。您迟到了二十小时。在二十和十二之间，差了八小时。您要弥补上这八小时。您想这样做吗？"

"难道要步行吗？"福格先生问。

"不，坐雪橇，"菲克斯回答，"坐带帆的雪橇。"

这就是那天夜里和菲克斯说话的那个男人的建议，菲克斯当时拒绝了他的提议。

费雷亚斯·福格没有回答菲克斯；但是菲克斯指给他看那个男人，他正在火车站前溜达，绅士向他走去。过了一会儿，费雷亚斯·福格和这个名叫麦基的美国人走进了一间建在基尼堡底下的茅草屋。

在那里，福格先生仔细查看了一种奇特的交通工具，像车的底架，搭在两根长木条上，前面略微翘起，就像雪橇的脚板，上面可以坐五到六个人。在底架前面三分之一处，竖着一根高耸的桅杆，系着一张很大的帆。这根桅杆被几条金属帆索牢牢固定住，伸出铁支架，吊住一张巨大的三角帆。后面有一个橹状的舵，用来掌控方向。

显而易见，这是一架单桅雪橇。冬天，在结了冰的平原上，当火车由于大雪停运的时候，这些雪橇可以高速往来于车站之间。而且，它们神奇的大帆张开着——甚至比容易翻船的、竞赛用的单桅帆船的帆还要大——利用后面吹来的风，在平原上滑行，能达到和列车一样高的速度，甚至有可能更快。

不一会儿，福格先生和这"陆上帆船"的老板谈妥了生意。风向有利，强风从西面刮来。雪地冻得坚硬，麦基保证在几小时内将福格先生送到奥马哈车站。那里火车穿梭如织，线路众多，开往芝加哥和纽约。夺回耽误的时间也不是不可能。尝试一下这场冒险，也没什么可犹豫的。

福格先生不想让阿乌达夫人在露天的条件下，经受长途跋涉的折磨，因为高速行驶会使寒冷更加彻骨，他向她提议待在基尼火车站，让万事通守护着她。让这个诚实的小伙子负责把年轻女人通过更好的路线，在更易于接受的条件下送回欧洲。

阿乌达夫人拒绝和福格先生分开，万事通对这个决定感到很开心。实际上，他是万万不愿离开他的主人的，因为菲克斯会陪着他。至于此刻警探怎么想，就不得而知了。费雷亚斯·福格的回来，有没有动摇他的信念？还是说他把福格先生看作一个极为厉害的浑蛋，在完成了环球之旅后，觉得回到英国是绝对安全的？或许菲克斯对费雷亚斯·福格的看法实际上已经改变了。但是他仍然决定履行他的职责，所以他比所有人都急切，不遗余力地想要尽快回到英国。

八点钟，雪橇准备好出发。旅客们——我也很想说乘客们——在上面坐好，紧紧挨在一起，裹着他们的旅行毯子。两面大帆已经挂起，在风的推动下，雪橇在坚硬的雪地上以每小时四十英里的高速行驶着。

基尼堡和奥马哈之间的距离，在直线上——或者用美国人的说法，以蜜蜂飞行的线路[1]——最多两百英里。如果风力不减弱，五个小时就可以跑完这点路程。不出意外的话，午后一小时，雪橇应该就能到达奥马哈了。

多么艰苦的跋涉啊！旅客们彼此紧挨着，不能互相说话。寒冷随着速度的增加而加剧，使得他们说不出话来。雪橇在平原上滑行，就像小船在水面上航行一般轻盈——比船激起的浪花还少。当北风掠过地面刮来，巨大的帆像是大鸟的羽翼，把雪橇托起。麦基把住舵，保持直线，雪橇眼看要偏离的时候，他就扳动一下舵。整面帆接满了风。三角帆也鼓起来，不再被后桅帆挡住风。桅楼的桅杆竖起来了，还有顶桅，鼓满了风，增加了对其他帆的推力。尽管不能精确计算推力有多大，但是雪橇的速度必然不会低于每小时四十英里。

"如果没什么东西突然坏了的话，"麦基说，"我们会准时到达！"

麦基很看重准时到达，因为喜欢按部就班的福格先生承诺会

---

1 蜜蜂飞行的线路：英语中beeline表示"直线"。

以重金来奖赏他。

雪橇直线穿过如海面一般平坦的平原，就像一个结了冰的巨大池塘。铁路由西南往西北贯穿这个地方，经过格兰德艾兰[1]、内布拉斯加州的重要城市哥伦布、舒勒、弗里蒙特[2]，然后才到奥马哈。一路沿着普拉特河的右岸延伸。雪橇缩短了这段路程，走的是铁路画出弧线的弓弦。麦基想从弗里蒙特前面抄近路，不担心会被普拉特河挡住去路，因为河水已经结了冰。于是道路畅通无阻，费雷亚斯·福格只担心两种情况：一是雪橇坏了，二是风向改变了，或者风停了。

但是风没有减弱。相反，风把桅杆都吹弯了，只有铁索牢牢地支撑着。这些金属缆绳像琴弦一样震颤鸣响，像是有琴弓拨动了它们。桅杆紧紧绷着，发出如泣如诉的和弦声，雪橇就在这种旋律中升腾了起来。

"这些铁丝发出五度音程和八度音程。"福格先生说。

这是他一路上说过的唯一一句话。阿乌达夫人被小心翼翼地裹在皮大衣和旅行毯子里，尽可能抵御着寒冷的侵袭。

至于万事通，他的脸像雾中沉睡的太阳一样红，呼吸着这凛冽刺骨的空气。他内心抱着坚定不移的信念，又恢复了期望。虽

---

1 格兰德艾兰：内布拉斯加州城市。
2 舒勒、弗里蒙特：内布拉斯加州的县。

然第二天早上到不了纽约，而是在晚上到，但是他们依然有机会在邮船出发前往利物浦之前赶到。

万事通甚至感到自己有种强烈的愿望，想要握住他的盟友菲克斯的手。他没有忘记，正是警探亲自搞到了这带帆的雪橇，而这是在有效时间内赶往奥马哈的唯一方法。但是，不知道是出于何种预感，他保持着一贯的矜持。

但是，万事通无论如何不会忘记的，就是福格先生为了把他从西鸟人手里救出来，毫不犹豫所做的牺牲。为此，福格先生拿他的财产，还有性命去冒险……不！他的仆人绝不会忘记的！

正当每个乘客胡思乱想时，雪橇在辽阔的雪地上飞驰。它经过一些小溪，那是小布鲁河的支流或河汊，但是大家并没有注意到。田野和水流都消失在一片白茫茫之下。平原荒无人烟，在太平洋联合铁路和联结基尼到圣约瑟夫的分岔口之间，它就像一个无人居住的大岛。没有一个村庄，没有一个车站，没有一个堡垒。不时可以看到一棵棵奇形怪状的树，闪电般地掠过，树身白色的枝干在北风中扭曲。有时候，一群群野鸟同时起飞。还有时候，平原上枯瘦的饿狼成群结队，出于觅食的需要，和雪橇赛跑。于是万事通拿着手枪，时刻准备向最接近的狼开枪。如果雪橇出了什么意外停下来，那么旅客们就会受到这些凶恶的食肉动物的攻击，遇到极大的危险。不过雪橇状态良好，毫不拖沓地向前，不一会儿，吼叫的狼群就被抛在后面了。正午，麦基从一些标志认出，他已经经过了普拉特河结冰的河面。他没说什么，但是他已经确认了，再过二十英里，就会到达奥马哈车站。

果然，不到一小时，这个灵巧的向导就离开了舵柄，冲到了帆索边，收起了帆，这时，雪橇被不可遏制的冲力拖着，在没有扬帆的情况下又穿越了半英里。终于，雪橇停了下来，麦基指着一片堆满白雪的屋顶，说："我们到了。"

到了！他们真的到了这个车站，每天都有多列火车开往美国东部！

万事通和菲克斯跳下地来，晃动着他们冻僵了的四肢。他们帮助福格先生和年轻女人从雪橇上下来。费雷亚斯·福格慷慨地和麦基结算了报酬，万事通则像朋友一般握住了他的手。于是大家一起奔向了奥马哈火车站。

严格意义上的太平洋铁路就是从内布拉斯加州的这座城市终止的。这里是密西西比盆地和大西洋之间的交通枢纽。从奥马哈到芝加哥的铁路名叫"芝加哥岩石岛铁路"，一路向东，有五十多个停靠站。一辆直达列车正准备发车。费雷亚斯·福格和他的同伴们刚好来得及冲进车厢。他们在奥马哈什么景色都没有看见，但是万事通心里对自己说，没有时间感到遗憾了，他们现在不是来参观的。

这列火车极快地越过爱荷华州，经过康瑟尔布拉夫斯、得梅因、爱荷华城。夜里，火车在达文波特经过密西西比河，过了岩石岛，进入伊利诺伊州。第二天，10日，下午四点，他们到达了芝加哥，这座城市已经从废墟中重建起来[1]，比从前更加傲然地屹立在美丽的密西根河畔。

芝加哥和纽约之间有九百英里。芝加哥的火车不少。福格先生迅速地从一辆换到另一辆。这辆"匹兹堡—韦恩堡—芝加哥铁路"的高速列车风驰电掣地出发了，它好像知道这位可敬的绅士没时间浪费。它像闪电一般穿越印第安纳州、俄亥俄州、宾夕法尼亚州、新泽西州，途经一些名字古老的城市，有的城市有街道和有轨电车，但是还没有房子。最后，哈得孙河出现了，12月11日，晚上十一点一刻，火车停靠车站，在河的右岸，卡纳德线路邮船码头前，换句话说，也就是英国和北美皇家轮船公司的码头前。开往利物浦的中国号在四十五分钟前已经开走了！

1　1871年10月，芝加哥经历了一场重大火灾，十平方公里的城市被烧毁，伤亡三百多人。

第三十二章

费雷亚斯·福格与坏运气近身肉搏

中国号的离开带走了费雷亚斯·福格的最后一线希望。

事实上，没有任何一艘其他往来于美国和欧洲的邮船能适用于绅士的计划，不论是越洋的法国邮轮，还是"白星线"的轮船、伊曼公司的轮船，或者"汉堡线"的轮船。

事实上，法国越洋轮船公司的佩雷尔号——该公司的邮船在速度上和别的公司的邮船差不多，但在舒适度上远远超过其他公司的邮船——要到大后天，12月14日才起航。再说，和汉堡轮船公司的轮船一样，它也不直接去往利物浦或者伦敦，而是去往勒阿弗尔，而从勒阿弗尔开往南开普敦的这段额外路程，会让费雷亚斯·福格被耽搁，最终使他功亏一篑。

至于伊曼公司的轮船，其中一艘叫巴黎城号，第二天开航，也没有必要考虑了。这些邮船专门用于运送移民，机器马力很弱，它们的航行一半靠船帆一半靠蒸汽，速度缓慢，从美国开往英国的时间超过福格先生要赢得赌注所剩下的时间。

绅士查阅了《布雷萧大陆火车轮船运行总指南》，对这一切了如指掌。这本指南告诉他每天越洋的航班情况。

万事通心灰意冷。差四十五分钟误了船，让他痛心疾首。这是他的错，他不仅没有帮到他的主人，还不断给他的主人设置障碍！他在脑海中重新回想了一遍旅途中所有遇到的意外，估算了一下仅仅是因为他而白白丢掉的钱，又想到这笔巨大的赌注，还有眼看要变成虚掷的一大笔旅费，想到福格先生会因此彻底破产，他就把自己骂了个狗血淋头。

可是福格先生丝毫没有责备他，在离开越洋邮轮码头时，他仅仅说了这几个字："我们明天再说吧。来吧。"

福格先生、阿乌达夫人、菲克斯、万事通乘坐泽西市渡轮越过了哈得孙河，坐上一辆公共马车，一直到百老汇大街上的圣尼古拉酒店。他们开了几间房，夜晚过去了，这一夜对于费雷亚斯·福格先生来说非常短暂，但是对于阿乌达夫人和他的同伴们来说，却如此漫长，他们躁动不安，辗转反侧。

第二天是12月12日。从12日早上七点钟，到21日晚上八点四十五分，还剩九天十三个小时又四十五分钟。如果费雷亚斯·福格先生昨天坐上了中国号——卡纳德线路最好的邮轮之一——他就能在预定期限内到达利物浦，然后是伦敦！

福格先生离开了酒店，独自一人。他事先嘱咐好仆人等着他，并告诉阿乌达夫人随时准备动身。

福格先生来到哈得孙河堤边，在所有停泊在码头或者河上的船只中，仔细寻找准备出发的船。有几艘船挂着要出发的小旗，准备在早上涨潮的时候出海，在纽约这个令人叹为观止的大港口，每一天都有上百艘船发往世界各地；但是大部分都是帆船，对费雷亚斯·福格来说并不合适。

这个绅士看来要功亏一篑了，正在这时，他看见至多两百米远的炮台前面，有一艘螺旋桨商船停泊着，船形精巧，烟囱冒着滚滚烟雾，表明正准备起航。

费雷亚斯·福格叫来一条小艇，坐了上去，划了没几下，他靠近了亨利埃塔号的舷梯，船身是钢铁的，而上面高高耸起的部分，都是木质的。

亨利埃塔号的船长在船上。费雷亚斯·福格爬到甲板上，要见船长。船长很快露面了。

这是一个五十岁的男人，是个经验丰富的水手，爱低声抱怨，不太好相处。他长着一双大眼睛，红褐色的脸，红头发，粗脖子——没有一点上流人士的模样。

"是船长吗？"福格先生问。

"是我。"

"我是费雷亚斯·福格，伦敦人。"

"我叫安德鲁·斯皮迪，卡迪夫人。"

"您正准备出发吗？"

"过一小时。"

"您是要去……？"

"波尔多。"

"您装的什么货？"

"船舱装的是石子，没有装货，空载起航。"

"您有乘客吗？"

"没有乘客。从来没有乘客。乘客这种货物很烦人，还动不动就跟您理论。"

"您的船快不快？"

"每小时十一、十二海里。亨利埃塔号很有名。"

"您愿意把我和我的三个伙伴载去利物浦吗？"

"去利物浦？怎么不去中国呢？"

"就是要去利物浦。"

"不行！"

"不行？"

"不行。我是准备去波尔多，我就去波尔多。"

"出多少钱都不行吗？"

"出多少钱都不行。"

船长的语气坚定得不容反驳。

"可是亨利埃塔号的船主们……"费雷亚斯·福格说。

"我就是船主。"船长回答，"船是我的。"

"我跟您租。"

"不。"

"我跟您买。"

"不。"

费雷亚斯·福格没有皱眉，可是局势真的不容乐观。在纽约不像在香港，亨利埃塔号的船主也不像唐卡德尔号的老板那样。迄今为止，一路上的障碍都被绅士的金钱迎刃而解，但是这一回，金钱不管用了。

但是，必须找到方法坐船越过大西洋——实在不行坐热气球也可以——不过这会非常危险，而且，也没那么容易搞到一个热气球。

然而费雷亚斯·福格看起来有了主意，他对船长说："那您能把我送去波尔多吗？"

"不，就算您给我两百美金也不行！"

"我给您两千美金（一万法郎）。"

"每个人？"

"每个人。"

"您有四位？"

"四位。"

斯皮迪船长开始挠起前额，像是想把头皮扒下来。可以赚八千美金，还不用改变行程，这样的利益足以让他费点事儿，放下刚才他声称的对于所有类型的乘客的反感。何况，两千美金一人的乘客已经不再是乘客了，这是贵重的货物。

"我九点钟出发，"斯皮迪船长言简意赅地说，"您和您的人，你们到得了吗？"

"九点钟，我们会准时上船！"福格先生一样简单地回答。

当时是八点半。从亨利埃塔号上下来，坐上一辆马车，回到圣尼古拉酒店，带上阿乌达夫人、万事通，甚至还有那已经难分难舍了的菲克斯，绅士优雅地邀请他同行，这一切，绅士以他任何情况下都不会抛弃的平静——完成了。

亨利埃塔号准备开船的时候，四个人都上了船。

万事通得知这最后一次航行的花费后，他发出一声长长的"噢！"，从最高半音一直降到最低半音！

至于警探菲克斯，他心想，英国银行肯定从这件案子中捞不回损失了。事实上，到了英国，就算福格先生没有把钱再扔几把到海里，他的旅行包里的钞票也少了不止七千英镑（十七万五千法郎）！

第三十三章

费雷亚斯·福格面临最紧要关头

　　一小时后，亨利埃塔号越过了标志着哈得孙河入口的灯标船，拐过桑迪霍克海角，驶向大海。白天，它沿着长岛，在火岛光标标志的公海航行，迅速驶向东方。

　　第二天，12月13日正午，一个人登上了驾驶台测定航位。显然，大家都应该觉得这个人是船长斯皮迪！绝对不是。这是费雷亚斯·福格先生。

　　至于斯皮迪船长，他正被老实地关在自己的船舱里，怒火中烧地拼命嘶吼，他愤怒到了极点，不过也是情理之中。

　　事情的经过很简单。费雷亚斯·福格想到利物浦去，船长不愿意开到那里。于是费雷亚斯·福格同意取道波尔多，自他上船来的十三个小时，他充分发挥了金钱的作用，整个船组人员、水手还有司炉——他们都进行非法交易，和船长关系不好——都被福格先生买通了。这就是为什么费雷亚斯·福格取代了斯皮迪船长，操控起了小船，而船长则被关在他的船舱里，亨利埃塔号驶向利物浦。显而易见的是，看着福格先生操作，就知道他曾经当过水手。

这次冒险结局如何，当下还不知道。阿乌达夫人始终忧心忡忡，却没说什么。菲克斯，他先是惊诧不已。至于万事通，他觉得这完全就是件了不起的好事。

"时速在十一到十二海里之间。"船长斯皮迪说过，事实上，亨利埃塔号也的确保持着这个平均速度。

因此，如果——仍然是"如果"！——如果海洋状况没有变得太糟，如果风向不转为东风，如果船不出现任何故障，机器不出任何意外，亨利埃塔号在12月12日到21日的九天中，就可以航行从纽约到利物浦之间的三千海里。一旦到达，亨利埃塔号的事情和银行抢劫案串在一起，这可能让绅士遇到比他想象中更大的麻烦。

开头几天，航行状况很好。海上风浪不算太恶劣；风向似乎锁定东北，船帆都挂了起来，在纵帆的带动下，亨利埃塔号像一艘真正的横渡大西洋的轮船那样航行着。

万事通心驰神迷。他主人的最后一招让他振奋，虽然他不想看到后果。船组人员从来没见过一个小伙子这么高兴，这么灵活。他和水手们亲密无间，他的杂技又让他们惊叹不已。他不遗余力地逗他们开心，还请他们喝最诱人的酒。对他来说，他们行事就像绅士一样，司炉烧火就像英雄一样。他的快乐天性很有感染力，每个人都浸染其中。他忘记了过去、烦恼、危险。他只想着近在眼前的目标，有时他又急不可待，好像亨利埃塔号的锅炉炙烤着他。正直的小伙子还时常围着菲克斯转圈，用一种"意味深长"的目光望着他！但是他不说话，因为这两个旧日的朋友之间已经不再有任何亲密可言。

再说菲克斯，不得不说，他完全被搞糊涂了！夺取亨利埃塔号，收买全体船员，这个福格像一个完美的水手那样操作，这一切把他看晕了。他不知道该怎么想！但是说到底，这个最开始就窃取了五万五千英镑的绅士，的确很有可能以抢掠一艘船来收场。菲克斯还自然而然地想，福格先生驾驶着亨利埃塔号，根本不是要去利物浦，而是要开去不知道哪个地方，在那里，小偷变成了海盗，可以安安稳稳地过日子！这个假设，应该承认，相当合情合理，警探开始真心地后悔掺和到这件案子中来了。

至于船长斯皮迪，他继续在自己的船舱里吼叫，而万事通负责给他供应食物，不论他是多么狂野，万事通还是极度小心谨慎地对待他。福格先生呢，他看起来似乎已经完全忘了船上还有位船长。

13日，船来到纽芬兰海滩的尾部。这里的海域极其难走，尤其是冬天的时候，常常有雾，风浪骇人。从前夜开始，气压计突然降低，让人感到马上要变天。夜里，气温确实变化了，天气更冷了，同时，风向变为了东南风。

这是个意外。福格先生为了不偏离他的航道，不得不收起了帆，全速航行。然而，航速还是变慢了，鉴于海面的状况，大浪冲击着船艏柱，船身剧烈地晃动，影响了速度。微风渐渐转成了飓风，眼看亨利埃塔号不能继续在海浪中保持平衡了。既然要逃跑，要去往这个不知名的地方，遇到什么危险都有可能。

万事通的脸和天色一样阴沉下来，两天以来，正直的小伙子始终感到提心吊胆。但是费雷亚斯·福格是个大胆的水手，知道怎样应付海洋状况，他始终保持前行，甚至都不降低蒸汽压力。亨利埃塔号无法升到浪尖时，就从侧面开过去，甲板被海水横扫一遍，但船开过去了。有时候山一般高的巨浪把船尾推出水面，螺旋桨浮出水面，叶片疯狂地拍打着空气，船始终前行着。

然而，风并没有像大家所担心的那样越来越大。这并不是一场每小时九十英里掠过的飓风。飓风在不断增强，不幸的是，它持续刮的是东南风，不让人扬起帆来。但是，很快大家就会发现，轮船上的机器迫切需要船帆的帮助。

12月16日，伦敦出发以来的第七十五天。总的来说，亨利埃塔号并没有出现让人担忧的延误。差不多已经走了一半路程，最难走的海域已经过去了。若是在夏天，这已经是成功在望了，在冬天，却要受到坏天气的摆布。万事通没有说话，他还是心怀希望，即便不能靠风，他也指望着蒸汽。

这一天，机械师登上甲板，遇到福格先生，和他热烈交谈起来。

不知道为什么——可能是出于预感——万事通感到隐隐有些担忧。他甚至想要牺牲一只耳朵，只为了另一只耳朵里能听到那边在说什么。然而，他只抓住了他主人的只言片语："您对自己提出的想法有把握吗？"

"当然了，先生，"机械师回答，"别忘了，从我们出发以来，我们把所有的锅炉都烧起来了，如果我们减小蒸汽压力，那么我们还有足够的煤从纽约到波尔多，但是如果我们全速前进，就没有足够的煤从纽约到利物浦了！"

"我会考虑的。"福格先生回答。

万事通明白了。他担心得要命。煤炭要不够了！

"啊！如果我的主人能防止这个问题，"他自言自语，"这必然是个了不起的人！"

遇到菲克斯时，万事通忍不住把情况告诉了他。

"那么，"警探咬牙切齿地回答，"您认为我们是要去利物浦吗？"

"当然！"

"白痴！"警探回答道，耸耸肩，走开了。

万事通几乎要激动地回击这个形容词，当然，他也无法了解它的真正含义。不过他心想，倒霉的菲克斯大概是非常沮丧，自尊心受到了侮辱，如此笨手笨脚地绕着地球白白地追踪，才说出了这种指责。

眼下，费雷亚斯·福格要采取什么决定呢？这很难想象。不过，看来冷静的绅士已经有了一个决定，因为当天晚上，他把机械师叫来，对机械师说："增加火力，继续向前开，直到煤炭全部烧完。"

过了一会儿，亨利埃塔号的烟囱喷出滚滚浓烟。因此，这艘船继续全速前进；但是就像已经说了的那样，两天后，18日，机械师告知说煤炭在白天就会用尽。

"不能让火力降低，"福格先生回答，"相反，给阀门加足蒸汽压力。"

这一天，将近中午的时候，费雷亚斯·福格测量了水深和船的方位，并把万事通叫来，吩咐他去把斯皮迪船长找来。这就像让这个勇敢的小伙子去释放一头老虎，他下到后舱，心想："他一定会发狂的！"

果不其然，几分钟后，在一阵喊声和咒骂声中，一颗炸弹被送到了后舱甲板上。这颗炸弹，就是斯皮迪船长。很显然，炸弹就要爆炸了。

"我们在哪儿？"这就是他在愤怒到窒息之际挤出来的第一句话，很显然，如果这个正直的人此刻中风了，那他就永远回不来了。

"我们是在哪里？"他又重复了一遍，脸憋得通红。

"离利物浦七百七十海里。"福格先生带着一贯的冷静回答。

"海盗！"安德鲁·斯皮迪喊道。

"先生，我请您过来是……"

"海盗！"

"……先生，"费雷亚斯·福格又说，"我想请您把您的这艘船卖给我。"

"不行！见鬼去吧，不行！"

"因为我很快就不得不烧掉它。"

"烧掉我的船！"

"是的，至少烧掉上层，因为我们缺乏燃料。"

"烧掉我的船！"斯皮迪大喊，他甚至连一个音节都发不出来了，"一艘船值两万五千美金。"

"这里是六万美金！"费雷亚斯·福格回答，给了船长一沓钞票。

这对安德鲁·斯皮迪产生了惊人的效果。看到六万美金而不激动，那他就不是美国人。船长瞬间忘了他的愤怒、他的囚禁、他对乘客的所有责骂。他的船已经有二十年船龄了，而今居然变成了一笔价值连城的买卖！炸弹已经不会爆炸了。福格先生已经把导火线拔掉了。

"留下铁壳船身。"他用一种异常柔和的口吻说。

"留下船壳和机器，先生。一言为定？"

"一言为定。"

安德鲁·斯皮迪抓住那一摞钞票，数了一遍，塞进口袋里。

在这场面中，万事通脸色惨白。至于菲克斯，他险些喷出一口血。已经花了将近两万英镑，这个福格居然还要把船壳和机器留给他的卖家，就是说，几乎是船的全部价值所在！的确，从银行盗窃的款子高达五万五千英镑！

安德鲁·斯皮迪将钱装进口袋时，福格先生对他说："先生，但愿这一切不会使您惊讶。要知道，如果我不能在12月21日晚上八点四十五分回到伦敦，我将损失两万英镑。可是，我错过了纽约那艘邮船，如果您拒绝我开往利物浦……"

"我这么做是对的，看在这五万美金的分上，"安德鲁·斯皮迪嚷道，"因为我赚到了四万美金。"

然后，他更加庄重地说："您知道一件事吗，船长？"

"福格。"

"福格船长，好吧，您身上有着美国人的因子。"

他对乘客说完这句自以为是恭维的话以后，正要走开，这时费雷亚斯·福格叫住他说："现在，这艘船属于我了？"

"当然，从龙骨到桅顶球冠，所有的木头都归您了！"

"很好。请叫人拆掉内部的装饰，然后把那些残骸拿去烧火。"

可以判断，必须烧掉这些干木头，以保持蒸汽的足够压力。这一天，艉楼、甲板室、舱室、船员住房、最下层甲板，全都送进了锅炉。

第二天，12月19日，烧掉了桅杆、桅架、圆木材。大家把桅杆砍倒了，用斧子劈开。船员们投入了难以想象的热情。万事通又是砍，又是切，又是锯，一个人干了十个人的活儿。真是疯狂的拆卸。

第二天，20日，舷墙、船体内的水下部分、绝大部分的甲板都被消耗了。亨利埃塔号只剩下一个空壳。

但是这一天，大家看到了爱尔兰海岸和灯塔岛[1]的灯塔。

然而，晚上十点的时候，船还航行在皇后镇[2]附近。费雷亚斯·福格要赶到伦敦，只有不到二十四小时了！可是，这却是亨利埃塔号赶到利物浦所需要的时间——甚至是全速前进。而大胆的绅士就要缺少蒸汽动力了！

"先生，"斯皮迪船长于是对他说，显然船长已经对他们的计划产生兴趣，"我真是为您担心。一切状况都不利于您！我们还在皇后镇附近。"

"啊！"福格先生叫了一声，"我们眼前灯火辉煌的就是皇后镇呀！"

"是的。"

"我们可以进港吗？"

"三点之前不行，只能等涨潮。"

"那我们就等吧。"费雷亚斯·福格平静地回答，脸上看不出他已经又一次有了灵感，试图再一次战胜厄运。

事实上，皇后镇是爱尔兰海岸边的一个港口，来自美国的横渡大西洋的邮船路过时，会在这里卸下信件包裹。这些信件通过

---

1 位于爱尔兰西南海岸的岩石岛。

2 这里的皇后镇指爱尔兰科克郡南海岸的海港城镇科芙（Cobh），此地在1849年至1920年名叫Queenstown。

随时准备好出发的快车运往都柏林。再从都柏林，信件通过高速邮轮到达利物浦——这样一来，比海运公司最快的邮轮还要快上十二小时。

从美国来的邮件如此争取到的十二小时，费雷亚斯·福格也想争取到。这样，他就不用坐亨利埃塔号第二天晚上才到利物浦，而是中午就可以到达，这样的话，他就来得及在晚上八点四十五分之前到达伦敦。

临近凌晨一点时，亨利埃塔号在涨潮时进入皇后镇港口，费雷亚斯·福格在斯皮迪船长与他用力握过手之后，就留下船长在他的空壳船里头离开了。这艘船还值他卖掉的一半价钱呢！

乘客们随即上了岸。菲克斯这时候极度渴望逮捕福格先生。然而，他却没有这么做！为什么？他的内心又在进行什么样的斗争呢？他又开始为福格先生着想了吗？他终于意识到自己搞错了？不过，菲克斯并没有放掉福格先生。他和福格先生、阿乌达夫人，还有连喘息时间都没有的万事通，一起上了皇后镇的火车，这时候是凌晨一点半，在黎明时分到达了都柏林，立马上了一艘邮轮——真正的钢体结构，完全是机械运作——它不屑于行驶在风口浪尖上，总是巧妙地避开风浪。

12月21日中午十一点四十分，费雷亚斯·福格终于在利物浦的码头上了岸。到伦敦只需要六小时。

但是在这时，菲克斯走了过来，一手搭在福格的肩上，拿出了逮捕令。

　　"您就是费雷亚斯·福格先生吧？"他说。

　　"是的，先生。"

　　"以女王的名义，我逮捕您！"

第三十四章

万事通终于有机会说双关语一吐怒气,但是可能没被听到

费雷亚斯·福格被关押了起来。他被囚禁在利物浦海关大楼里,要在那里过一夜,等待着被转送伦敦。

福格被逮捕时,万事通真想扑向警探。几名警察拦住了他。阿乌达夫人,被这突如其来的事情惊呆了,她一头雾水,根本不懂这是怎么回事。万事通向他解释了情况。福格先生,这样一位正直而勇敢的绅士,是她的救命恩人,居然以盗窃的名义,被逮捕了。年轻女人抗议这种指控,她心里很气愤,泪水在她眼睛里打转,因为她感觉自己无能为力,什么都做不了,救不了她的恩人。

至于菲克斯,他逮捕了绅士,因为他的职责要他逮捕这个人,不管他有罪与否。法律会来定夺的。

这时万事通想到一件事，一件可怕的事——他本人正是这一切不幸的源头！确实，他为什么要对福格先生隐瞒那次际遇呢？当菲克斯透露了自己警探的身份和他身负的任务时，为什么他要自己一个人扛着而不告诉他的主人呢？他的主人如果知道了，一定会向菲克斯证明自己无罪，向他表明是他弄错了；无论如何，他不会给这个讨人厌的警探承担旅费，让他追踪自己，这家伙最关心的就是在绅士踏上英国土地的时候将他逮捕。可怜的小伙子想到自己的过错、自己的不谨慎，止不住地后悔。他默默流泪，让人看着心痛不已。他真想打爆自己的脑袋。

阿乌达夫人和他不顾寒冷，待在海关大楼的列柱廊下。他们俩都不愿意离开那里。他们想再见到福格先生。

至于这位绅士，他断然是正式破产了，而且在他眼看就要到达目的地的时候。这次逮捕让他无可挽回地输了。他在12月21日，正午还差二十分钟到达利物浦，八点四十五分要到革新俱乐部，当中还有九小时零五分——而他到达伦敦只需要六小时。

这时候，要是有谁闯进海关大楼，就会看见福格先生一动不动坐在长木凳上，并没有生气，依然无动于衷。不能说他逆来顺受，但是这最后的打击也没能使他激动起来，至少表面看来如此。他是不是暗自在内心积聚起一股可怕的狂怒，只等到最后一刻才以不可遏制的力量爆发出来？没人知道。但是费雷亚斯·福

294

格就在那里，平静地等待着……什么呢？他还是保留着一线希望？当监狱的大门当着他的面关起来的时候，他还是相信会成功吗？

不管怎么样，福格先生小心翼翼地把他的手表放在桌上，看着指针行走。他的嘴里没有蹦出一个字，但是他的目光有一种奇特的专注。

无论如何，情况很糟糕，即使无法读懂他的内心，也能得出结论："如果作为一个正直的人，费雷亚斯·福格是要破产了。"

"如果作为一个不正直的人，他也被抓住了。"

他想到办法自救了吗？他有没有想找一找这栋大楼是否有一个可利用的出口？他想逃跑吗？别人会这么认为，因为有时候，他在房间里转圈。但是房门关得严严实实，窗户也上了铁栅栏。于是他又坐下来，从皮夹子里拿出他的旅行路线。在线上写下这么几个字："12月21日，星期六，利物浦。"

他又加上："第八十天，上午十一点四十分。"

他等待着。

海关的大钟敲响一点钟。福格先生注意到，他的表比这只大钟快了两分钟。

两点钟！他意识到就算此刻坐上一辆火车，也来得及在晚上八点四十五分之前赶到伦敦和革新俱乐部。他的眉头稍稍皱了起来……

两点三十三分，外边响起了一个声音，是房门打开时的咯吱声。传来了万事通和菲克斯的声音。

费雷亚斯·福格的目光瞬间闪亮了一下。

房门打开了，他看到阿乌达夫人、万事通和菲克斯奔向他。

菲克斯上气不接下气，头发乱蓬蓬的……说不出话来！

"先生，"他嗫嚅着，"先生……对不起……不巧实在太像了……三天前窃贼被抓住了……您……自由了！"

费雷亚斯·福格自由了！他向警探走去，面对面盯着他，只迅速做了一个他从来没做过而且以后可能也不会再做的动作，他把两臂往后一收，然后，以机器人的精准，用两个拳头猛击倒霉的警探。

"干得漂亮[1]！"万事通大喊，禁不住说了一句邪恶的双关语，尽显法国人本色，他又加了一句，"老天开眼！这才是英格兰拳头[2]最好的应用方式！"

菲克斯跌倒在地，一句话也没说。他是罪有应得。福格先生、阿乌达夫人、万事通马上离开了海关。他们跳上一辆马车，

1　这里是法语中的双关语，有"干得漂亮"的意思，也有"打得好"的意思。
2　这里涉及一个双关语，法语中"英格兰拳头"和"英格兰点"同音，"英格兰点"是一种花边。

几分钟后，他们来到利物浦火车站。

费雷亚斯·福格询问有没有开往伦敦的快车……这时是两点四十分……快车是在三十五分钟前开出的。

费雷亚斯·福格于是订了一辆专门列车。

车站上有好几台高速机车；但是，根据车站的规定，专车在三点之前不能出站。

三点钟，费雷亚斯·福格对司机说了几句话，许诺给他一笔奖金，他在年轻女人和忠实仆人的陪伴下，坐上了开往伦敦的火车。

必须要五个半小时内穿越利物浦到伦敦的距离——如果道路顺畅的话，这是很容易实现的。但是他们遇到不可抗的延误，当绅士到达火车站时，伦敦所有的大钟都指着八点五十分。

费雷亚斯·福格完成了这次环球旅行，迟到了五分钟!

他输了。

第三十五章

万事通不等主人重复，立马执行命令

第二天，萨维尔街的居民如果知道福格先生已经回到家里，可能会非常惊讶。大门和窗户都紧紧关着，从外面看不出发生任何变化。

事实上，费雷亚斯·福格离开火车站后，吩咐万事通去买些日用品，自己就回到了家里。

这个绅士以一贯的无动于衷接受了这个打击。破产！而且是由于那个笨拙的警探造成的！在他步伐稳健地长途跋涉、克服了重重阻碍、冒了种种危险，甚至还有时间在路上做了一点好事之后，居然因为码头的突发事件而功亏一篑；他无法预计，毫无还手之力，简直一败涂地！他出发时带上的一大笔钱，只剩下微不足道的一笔余额。他的财产只有存在巴林兄弟银行的两万英镑，而这两万英镑，是欠下革新俱乐部会友的。花掉那么多钱以后，即使赢了这场赌，无疑也不会使他发财，但他并不是想发财——他是为荣誉而打赌的人——但是这次打赌输了，便使他完全破产了。不过，这场赌也到此为止了。他知道剩下的事情要如何了结。

在萨维尔街上的房子里，一间房间被安排给了阿乌达夫人。年轻女人已经陷入绝望。她从福格先生所说的几句话里，明白了福格先生思考着应对破产的计划。

事实上，大家知道，有时候这些偏执的英国人，一旦被一个挥之不去的想法占据了思想，会走上怎样可怕的极端。因此，万事通小心翼翼不被发现地监视着他的主人。

但是，第一件事，正直的小伙子上楼走到自己的房间，关掉已经烧了八十天的煤气。他在信箱里发现一封煤气公司寄来的账单，他心想当务之急是停止他该负责的这部分费用的继续上涨。

夜晚过去了。福格先生已经睡下，可是他睡着了吗？至于阿乌达夫人，她一刻也无法休憩。万事通呢，他像一条狗似的，守在他主人的门旁。

第二天，福格先生把他叫来，言简意赅地吩咐他照顾阿乌达夫人的午餐。至于他自己，他只需要一杯茶和一块烤肉就行了。阿乌达夫人原谅他不陪自己吃午餐和晚餐，因为他所有的时间都用来料理各种事务了。他没有下楼。只是到了傍晚，他恳求阿乌达夫人允许和他交流片刻。

万事通已经知道了一整天的安排，只需要照做就是了。他看着他那永远淡定自若的主人，下不了决心离开房间。他心里很难受，良心充满了愧疚，因为他比任何时候都自责，犯下了这无可弥补的错误。是的！如果他事先告诉福格先生，如果他揭露了菲克斯警探的计划，福格先生一定不会把菲克斯警探一路带到利物浦，那样的话……

万事通克制不住了。

"主人！福格先生！"他大喊道，"责骂我吧。都是我的错……"

"我不责怪任何人，"费雷亚斯·福格用一种极为平静的语气回答，"去吧。"

万事通离开房间，找到阿乌达夫人，告诉她主人的想法。

"夫人，"他说，"我一点本事都没有，一点都没有！我没法影响主人的想法。而您，也许……"

"我能有什么影响呢？"阿乌达夫人回答，"福格先生完全不受我的影响！他绝不会明白，我内心对他的感激已经要满溢出来！他根本看不出我的心思！……我的朋友，不要离开他，一刻都不要。您说他今晚想和我谈话？"

"是的，夫人。大概是关于确保您在英国的处境。"

万事通抓住主人的衣领，以不可抗拒的力量把他拽住就跑！

　　费雷亚斯·福格就这样被拖走，还来不及思考，便离开了自己的房间，离开了他的房子，跳上一辆马车，答应给车夫一百英镑，轧死了两条狗，撞上了五辆车，终于到达了革新俱乐部。

"我们等着看吧。"年轻女人回答，陷入了沉思。

这样，在这个星期天的白天，萨维尔街的这栋房子好像没有人居住一般，自从费雷亚斯·福格住进这栋房子以来，这是头一回，当十一点半议会大厦的钟敲响时，他没有去俱乐部。

为什么这位绅士没有去革新俱乐部呢？他的会友们不会再在那里等他了。毕竟，昨天夜里，12月21日星期六这个要命的日子，八点四十五分，费雷亚斯·福格没有出现在革新俱乐部的大厅里，他的打赌输了。他甚至用不着亲自去银行拿这两万英镑。他的对手手里握有他签署好的支票，只需要一个简单的签字，拿到巴林兄弟银行，两万英镑就会转到他们的户头上。

福格先生用不着出门，所以他没有出门。他待在自己的房间里，操持着自己的事务。万事通不停地在萨维尔街的这栋房子里跑上跑下，对于这个可怜的小伙子来说，时间像是凝滞了一般度日如年。他在主人的房间门口偷听，这样做，他不觉得有任何冒昧！他透过锁孔张望，他觉得自己有这个权利！万事通时刻担心会出事。有时，他想到菲克斯，但是，他的想法又改变了。他并不怨恨警探。菲克斯和大家一样，把费雷亚斯·福格看错了，跟踪他、逮捕他，都只是履行自己的职责，而他自己呢……这个想法令他难以忍受，他把自己看作最可恨的人。

最后，万事通觉得独自一个人待着太痛苦了，他敲阿乌达夫人的房门，走进她的房间，坐在一个角落里，一言不发，望着总是沉思状的年轻女人。

差不多晚上七点半，福格先生派人去问阿乌达夫人能否接待他，不一会儿，年轻女人和他单独待在了这个房间里。

费雷亚斯·福格拿了一把椅子，坐在壁炉旁边，面对着阿乌达夫人。他的脸上没有露出任何情绪。回到家的福格和出发时的福格一模一样，一样的平静，一样的不动声色。

有五分钟，他待着不说话。接着，他抬起眼睛看着阿乌达夫人。"夫人，"他说，"您能原谅我把您带来英国吗？"

"福格先生，我……"阿乌达夫人回答，抑制住自己的心跳。

"请您让我把话说完，"福格先生说，"我本想把您带离那个地方，对您来说那里太危险了，我当时有钱，我想着可以将一部分财产供您使用。您的生活会幸福又自由。可是现在，我破产了。"

"我知道，福格先生，"年轻女人回答，"现在轮到我要问您：您能原谅我跟随您，而且——谁知道呢？——可能还拖累了您，让您迟到而破产吗？"

"夫人，您不能待在印度，您只有跑得远远的，不让那些狂热的信徒再抓到您，您的安全才有保障。"

"因此，福格先生，"阿乌达夫人又说，"您不仅仅要把我从可怕的死刑中拯救出来，还认为自己有责任保证我在外国的处境吗？"

"是的，夫人，"福格回答，"但是事态现在对我不利。不过，以我剩下的一点钱，我仍然请您同意，给您安排使用。"

"但是，您呢，福格先生，您怎么办？"阿乌达夫人问。

"夫人，我，"绅士冷静地回答，"我什么都不需要。"

"但是，先生，您觉得等待着您的命运会是怎样呢？"

"随遇而安吧。"福格先生回答。

"无论如何，"阿乌达夫人回答，"苦难不会找上像您这样的好人的。您的朋友们……"

"我没有朋友，夫人。"

"您的父母……"

"已经不在了。"

"那么我真替您难过，福格先生，孤独是一件凄苦的事情。哎！竟然没有人能为您分忧。不过，据说两个人在一起，苦难也就变得可以忍受了！"

"据说是这样，夫人。"

"福格先生，"阿乌达夫人说着站起身来，向绅士伸出手，"您愿意同时得到一个亲人和一个朋友吗？您愿意娶我作为您的妻子吗？"

福格先生听到这话，也站了起来。他的眼里似乎闪耀出一种不同寻常的光芒，嘴唇也在微微颤抖。阿乌达夫人望着他。阿乌达夫人为了她的救命恩人什么都敢做，她目光中的真挚、正直、坚定和温柔先是震惊了福格先生，接着，他便沦陷了。他闭了一会儿眼睛，仿佛想避免这目光在他内心扎得更深……当他再次睁开眼睛时，他言简意赅地说："我爱您！是的，千真万确，以世上最神圣的一切发誓，我爱您，我的一切都属于您！"

"啊！……"阿乌达夫人大声说，把手放在心窝上。

万事通听到打铃声，立马走了进来。福格先生的手还握着阿乌达夫人的手。万事通明白了，他的大脸盘如同赤道地区空中的太阳，熠熠生辉。

福格先生问他，去通知玛丽勒博纳教区的可敬的塞缪尔·威尔逊牧师举办婚礼，是不是太晚了。

万事通露出了他最好的微笑。

"永远不会太晚。"他说。

当时只有八点零五分。

"就定在明天，星期一吧！"他说。

"定在明天，星期一？"福格先生问，望着年轻女人。

"就明天，星期一！"阿乌达夫人回答。

万事通一溜烟地跑了出去。

第三十六章

费雷亚斯·福格的股票升值了

这里有必要说一下在英国舆论发生的变化，12月17日，大家得知，有个叫詹姆士·斯特朗的真正的银行窃贼，在爱丁堡被逮捕了。

三天前，费雷亚斯·福格还是警方大力追捕的嫌疑犯，眼下他却是最正直的绅士，精准地完成了这个不可思议的环球旅行。

可想而知，这事在报纸上引起多大轰动和效应！所有参与打赌的人，好像已经忘记了这个案子，像是着了魔一样又重新活跃起来。所有的交易都变得具有法律效应了。所有的押注又复活过来，必须说，打赌又以新的活力再次出现了。以费雷亚斯·福格命名的股票，在市场上又升值了。

绅士在革新俱乐部的五位会友们，在不安中度过了三天。他们已经快要忘了的这个费雷亚斯·福格，重新出现在了他们的视野中！眼下他在什么地方呢？12月17日——詹姆士·斯特朗被逮捕的那一天——费雷亚斯·福格走后的第七十六天，他杳无音信！他死了吗？他放弃抵抗了吗？还是他还在根据既定路线继续旅程？12月21日，星期六，晚上八点四十五分，他会像准时的神明一样，准时出现在革新俱乐部的大厅门口吗？

这三天里，英国上流社会中这群人的焦虑不安简直无法描绘。有人发电报到美国、到亚洲，就想知道费雷亚斯·福格的消息！日夜都有人被派去观察萨维尔街的那栋房子……什么也没有。连警方也不知道菲克斯警探怎么样了，他倒了血霉，被派去跟了一条错的线。这并不妨碍打赌重新以更大的规模展开。费雷亚斯·福格就像一匹赛马，跑到了最后一个拐弯处。福格的赔率不再是一比一百，而是一比二十，一比十，一比五，瘫痪老人阿尔伯马尔以一比一买赔率。

因此，星期六晚上，在波尔玛尔大街和附近的几条街上，人头攒动。革新俱乐部周围永远有一大群的经纪人驻足。交通堵住了。人们议论着，争吵着，叫喊着"费雷亚斯·福格"股票的市价，就像买英国的基金一样。警察们费了很大力气维持住民众的秩序，随着费雷亚斯·福格要到达的时间不断临近，大家的激动放大到了难以想象的地步。

这天晚上，绅士的五个会友从早晨九点钟开始，就聚集在革新俱乐部的大厅里。两个银行家约翰·萨利文、萨缪尔·法伦丁，工程师安德鲁·斯图亚特，英国银行董事会董事葛迪尔·拉尔夫，啤酒批发商托马斯·弗拉纳根，他们都焦急地等待着。

正当大厅的时钟指着晚上八点二十五分的时候，安德鲁·斯图亚特站起来说："先生们，再过二十分钟，费雷亚斯·福格和我们之间约定的期限就到了。"

"利物浦过来的最近一班火车是几点到的？"托马斯·弗拉纳根问道。

"七点二十三分，"葛迪尔·拉尔夫回答，"下一班火车要在午夜过十分才到。"

"那么，先生们，"安德鲁·斯图亚特又说，"如果费雷亚斯·福格坐七点二十三分的火车前来，那么他应该早就到这里了。我们可以认为，我们赌赢了。"

"咱们再等等吧，先不要这么说，"萨缪尔·法伦丁回答，"您知道，我们的会友是一等一的怪人。他什么事情都准时，是众所周知的。他从来不会到得太早，也不会到得太晚，如果他在最后一分钟出现在这里，我不会感到惊讶。"

"而我呢，"安德鲁·斯图亚特说，他总是有点容易激动，

"我会看到他来？我才不信。"

"事实上，"托马斯·弗拉纳根又说，"费雷亚斯·福格的计划很疯狂。不管他是多么准时，他不能阻止不可避免的延误出现，只要延误个两到三天，就足以毁了他的行程。"

"另外，你们注意到了吗？"约翰·萨利文补充说，"我们没有收到我们会友的任何信息，而他沿路不缺少电报线路。"

"他输定了，先生们，"安德鲁·斯图亚特接着说，"他稳稳当当地输了！还有，你们知道，中国号——他如果要准时到利物浦，唯一能够搭乘的从纽约出发的邮船——在昨天到达。可是，这是发表在《航运报》上的全体乘客的名单，费雷亚斯·福格的名字不在其中。就算运气再好，我们的会友充其量也就在美国！我估计他至少要比说好的日子晚到二十天，那个老阿尔伯马尔也得为此损失五千英镑！"

"这很明显，"葛迪尔·拉尔夫回答，"明天，我们只要去到巴林兄弟银行，递上福格先生的支票。"

这时，大厅的钟指在八点四十分。

"还有五分钟。"安德鲁·斯图亚特说。

五位会友面面相觑。可以相信，他们的心跳有点加速，因为说到底，就算是再高明的赌徒，这一赌局也实在很大！可是他们不愿意流露出一丝一毫来，他们在萨缪尔·法伦丁的提议下，在一张棋牌桌边坐下。

"即使有人给我三千九百九十九英镑,"安德鲁·斯图亚特说,"我也不会出让我的四千英镑的份额!"

这时,指针指着八点四十二分。

赌徒们拿起牌,但是,他们的目光没有一刻不盯着钟。可以断言,不管他们多么胸有成竹,对他们来说;一分钟从来都没如此长过!

"八点四十三分。"托马斯·弗拉纳根说,切过葛迪尔·拉尔夫递给他的牌。

接着是鸦雀无声。俱乐部的大厅里一片寂静。可是,从外面传来了人群沸腾的喧嚣声,不时还有尖叫声压倒一切。钟摆精确地、匀速拍打着秒数。每个赌徒都能数出那震撼他们耳膜的六十秒钟。

"八点四十四分!"约翰·萨利文说,他的声音里有一种克制不住的激动。

再过一分钟,赌局就赢了。安德鲁·斯图亚特和他的会友们不再玩牌了。他们放下了手中的牌!他们数着秒数!

四十秒,没人来。五十秒,还不见人影!

五十五秒,外面响起雷鸣般的掌声、欢呼声,甚至咒骂声,轰隆隆地传开来,不绝于耳。

赌徒们站起来。

五十七秒，大厅的门打开了，钟摆还没有拍打第六十秒，费雷亚斯·福格出现了，后面跟着狂热的人群，堵在俱乐部的门口。福格先生用平静的声音说："先生们，我来了。"

第三十七章

这次环球旅行带给费雷亚斯·福格的，除了幸福别无其他

是的！费雷亚斯·福格本人。

大家还记得，晚上八点零五分——乘客们到达伦敦二十五小时以后——万事通在主人的吩咐下，通知可敬的塞缪尔·威尔逊牧师，第二天要举行婚礼。

于是万事通兴高采烈地出了门。他大步流星地奔向可敬的塞缪尔·威尔逊牧师的住所，牧师还没有回家。自然，万事通等着，但是他等了至少二十分钟。

总之，当他离开可敬的牧师的住所时，已经八点三十五分。但他是什么模样啊！头发凌乱，帽子也不知所终，跑啊，跑啊，从来没见过这样奔跑的人，他撞翻了行人，像一阵龙卷风一般刮过人行道！

313

三分钟之内，他回到了萨维尔街的房子，上气不接下气地倒在福格先生的房间里。

他说不出话来。

"怎么啦？"福格先生问。

"主人……"万事通结结巴巴地说，"……结婚……不可能。"

"不可能？"

"明天……不可能。"

"为什么？"

"因为明天……是星期天。"

"星期一。"福格先生回答。

"不是……今天……是星期六。"

"星期六？不可能！"

"是的，是的，是的，是的！"万事通嚷嚷道，"您搞错了一天！我们提前二十四小时到达了……但是只剩下不到十分钟了！"

万事通抓住主人的衣领，以不可抗拒的力量把他拽住就跑！

费雷亚斯·福格就这样被拖走，还来不及思考，便离开了自己的房间，离开了他的房子，跳上一辆马车，答应给车夫一百英镑，轧死了两条狗，撞上了五辆车，终于到达了革新俱乐部。

当他到达大厅时，时钟指向了八点四十五分……

费雷亚斯·福格在八十天内完成了环球之旅！费雷亚斯·福格赢得了两万英镑的赌注！

但是，这个如此精准、如此细心的人怎么会搞错日期呢？当他在12月20日星期五的晚上，他出发后的第七十九天到达伦敦时，他怎么会以为是12月21日星期六晚上呢？

原因很简单。

费雷亚斯·福格"没有料想到"全程会让他赚得一天——这仅仅是因为他是往东出发去环游地球的，要是他往西走，就会反过来失去这一天。

的确，费雷亚斯·福格往东走，迎着太阳，所以，他在这个方向上每越过一条经线，就提前了四分钟。地球一共有三百六十条经线，乘以四分钟，就刚好是二十四小时——也就是说，不知不觉中赚了一天。换句话说，当费雷亚斯·福格往东走八十次看到太阳经过子午线时，他的会友们在伦敦只看到太阳七十九次经过。所以，这一天是星期六，而不是福格先生所以为的星期天，他的会友们正在革新俱乐部的大厅里等待着他。

这也是万事通那只可贵的怀表所证实的——它一直保留着伦敦时间——它不仅显示分钟和小时，还显示哪一天！

因此，费雷亚斯·福格赢了两万英镑。但是由于他在路上花了差不多一万九千英镑，剩下的钱也相当有限了。不过，正如之前所说，古怪的绅士在这场打赌中，只是为了挑战，而不是为了赢钱。甚至，剩下的一千英镑，他也分给了正直的万事通和可怜的菲克斯，他对警探恨不起来。只不过，按规矩，他从仆人的奖金里，扣除了因仆人自己的失误而付出的一千九百二十小时的煤气费。

当天晚上，福格先生一如既往地不动声色，一如既往沉着镇定地对阿乌达夫人说："夫人，您仍然同意我们的婚事吗？"

"福格先生，"阿乌达夫人回答，"应该由我来向您提出这个问题。您先前是破产了，而如今您又富有了……"

"夫人，请您原谅我，这笔财产属于您。如果您没有想到提出这门婚事，我的仆人就不会去找可敬的塞缪尔·威尔逊牧师，我也就不会知道我算错了日子……"

"亲爱的福格先生……"年轻女人说。

"亲爱的阿乌达……"费雷亚斯·福格回答。

可以理解，婚礼在四十八小时之后就举行了，万事通一脸神气，容光焕发，以年轻女人证婚人的身份出场。难道不是他把她救下来的吗？难道他不配得到这个荣誉吗？

只是，第二天，天还蒙蒙亮，万事通就砰砰地敲他主人的房门。

门开了，淡定自如的绅士出现了。

"怎么了，万事通？"

"是这样，先生！我刚刚才明白过来……"

"明白什么？"

"明白我们只用了七十九天就环游了地球。"

"有可能，"福格先生回答，"如果没有穿越印度的话。可是如果我们不穿越印度，我就没法救下阿乌达夫人，她就不会成为我的妻子……"

福格先生平静地关上了房门。

费雷亚斯·福格就这样赢得了这场打赌。他在八十天内完成了这场环球之旅！为此，他动用了所有的交通工具：邮轮、火车、马车、游艇、商船、雪橇还有大象。这位古怪的绅士在这场旅行中展现了他无与伦比的冷静与精准。然后呢？他从这次长途跋涉中得到了什么呢？他从这次旅途中带回了什么呢？

有人会说，一无所获？是的，一无所获，除了一个迷人的女子——尽管看起来不可思议——让福格先生成为全世界最幸福的男人！

老实说，就算没有这个，难道就不去环游地球了吗？

欢迎您从《凡尔纳科幻经典》走进
读客三个圈经典文库

亲爱的读者，感谢您选择读客三个圈经典文库。

我们的封面统一使用"三个圈"的设计，读者可以凭借封面上形式各异的"三个圈"找到我们，走进经典的世界。

你想成为什么样的人？

对你来说什么是重要的？

这个世界应该是什么样子？

我们在生命中遇到的这些问题，或许可以在浩如烟海的文学经典中找到答案。

跟随读客三个圈经典文库，认识世界、塑造自我，成为更好的人！

《漫长的告别》　《西西弗神话》　《人间失格》《人类群星闪耀时》　《鼠疫》

《小王子三部曲》　《局外人》　《月亮与六便士》《基督山伯爵》　《罗生门》

读客三个圈经典文库

精神成长树

你想成为什么样的人？
对你来说什么是重要的？
这个世界应该是什么样子？

　　我们在生命中遇到的问题，每个时空的人都经历过，一些伟大的人留下一些伟大作品，流传下来，就成了经典。正是这些经典，共同塑造并丰富着人类的精神世界。

　　我们重新梳理了浩若烟海的文学经典，为您制作了精神成长树。跟随读客三个圈经典文库，汲取大师与巨匠淬炼的精神力量，完成你自己的精神成长！

树干：

不同的精神成长主题，您可以挑选任意感兴趣的主题进行深入阅读

例如：
寻找人生意义
探索自己的内心
拥有强大意志力
理解复杂的人性
⋯⋯⋯⋯⋯

枝丫上的果实：

我们为您精选的经典文学作品

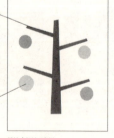

精神成长树示意图

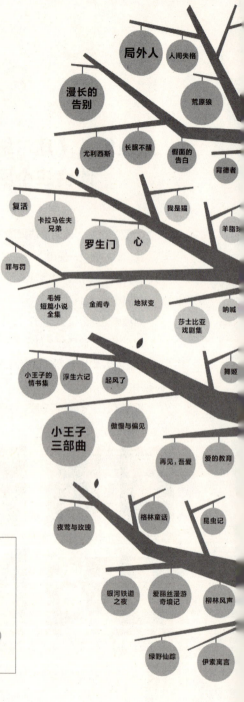

局外人
人间失格
漫长的告别
荒原狼
尤利西斯
长眠不醒
假面的告白
背德者
复活
我是猫
卡拉马佐夫兄弟
罗生门
心
羊脂球
罪与罚
毛姆短篇小说全集
金阁寺
地狱变
莎士比亚戏剧集
呐喊
小王子的情书集
浮生六记
起风了
舞姬
小王子三部曲
傲慢与偏见
再见，吾爱
爱的教育
夜莺与玫瑰
格林童话
昆虫记
银河铁道之夜
爱丽丝漫游奇境记
柳林风声
绿野仙踪
伊索寓言

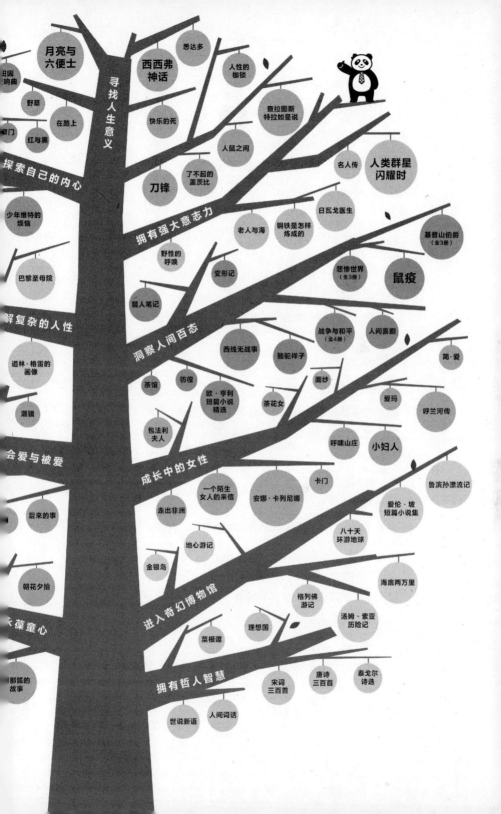

激发个人成长

多年以来，千千万万有经验的读者，都会定期查看熊猫君家的最新书目，挑选满足自己成长需求的新书。

读客图书以"激发个人成长"为使命，在以下三个方面为您精选优质图书：

1. 精神成长

熊猫君家精彩绝伦的小说文库和人文类图书，帮助你成为永远充满梦想、勇气和爱的人！

2. 知识结构成长

熊猫君家的历史类、社科类图书，帮助你了解从宇宙诞生、文明演变直至今日世界之形成的方方面面。

3. 工作技能成长

熊猫君家的经管类、家教类图书，指引你更好地工作、更有效率地生活，减少人生中的烦恼。

每一本读客图书都轻松好读，精彩绝伦，充满无穷阅读乐趣！

认准读客熊猫

读客所有图书，在书脊、腰封、封底和前后勒口
都有"读客熊猫"标志。

两步帮你快速找到读客图书

1. 找读客熊猫

2. 找黑白格子

图书在版编目（CIP）数据

八十天环游地球 / （法）儒勒·凡尔纳著；金祎译
. -- 南京：江苏凤凰文艺出版社，2018.9（2022.7 重印）
（凡尔纳科幻经典）
ISBN 978-7-5594-2512-6

Ⅰ . ①八… Ⅱ . ①儒… ②金… Ⅲ . ①科学幻想小说
- 法国 - 近代 Ⅳ . ① I565.44

中国版本图书馆 CIP 数据核字 (2018) 第 152454 号

八十天环游地球

［法］儒勒·凡尔纳 著　　金 祎 译

责任编辑	丁小卉　　姚 丽	
特约编辑	牟雪莲　　周量航	
装帧设计	读客文化　021-33608320	
责任印制	刘 巍　　江伟明	
出版发行	江苏凤凰文艺出版社	
	南京市中央路 165 号，邮编：210009	
网　　址	http://www.jswenyi.com	
印　　刷	河北鹏润印刷有限公司	
开　　本	890 毫米 ×1270 毫米　1/32	
印　　张	10.5	
字　　数	177 千字	
版　　次	2018 年 9 月第 1 版	
印　　次	2022 年 7 月第 2 次印刷	
标准书号	ISBN 978-7-5594-2512-6	
定　　价	338.00 元（全 9 册）	

江苏凤凰文艺版图书凡印刷、装订错误，可向出版社调换，联系电话：010-87681002。